麦克米伦世纪童书

麦克米伦世纪 全称北京麦克米伦世纪咨询服务有限公司,由全球最大、最知名的国际性出版机构之一的麦克米伦出版集团和二十一世纪出版社共同注资成立。

北京麦克米伦世纪咨询服务有限公司
北京市海淀区花园路甲 13 号院 7 号楼庚坊国际 10 层
邮编:100088　电话:010-82093837
新浪官方微博:@麦克米伦世纪出版

我的朋友扎卡里

[美]金·威·霍尔特 著

马爱农 译

When Zachary Beaver Came to Town

致

珍妮弗·弗兰纳里

克里斯蒂·奥塔维亚诺

主要人物

托 比：全名托拜厄斯，十三岁，本文主人公。
奥 托：托比的爸爸。
奥帕莉娜：托比的妈妈。
卡 尔：卡尔·麦克奈特，托比最好的朋友。
威 尼：卡尔的大哥。
麦克奈特太太：卡尔的母亲。

扎卡里：扎卡里·埃尔维斯·比弗，展览演出团主角。
保 利：保利·兰金，展览演出团负责人。
斯佳丽：鹿茸中学最漂亮的女孩。
梅耶女士：鹿茸镇图书馆管理员。
莱维长官：鹿茸镇治安官。
费里斯：拉玛保龄球馆老板。

第一章

得克萨斯州的鹿茸镇平淡无奇,从来没发生过什么大事。不过这天下午,一辆旧的蓝色雷鸟,拉着一辆装饰着圣诞节彩灯的拖车,驶入了镇上挤奶姑娘乳制品专卖店的停车场。这是一个小型展览演出班子。拖车上印的红色大字——世界上最胖的男孩——引得小镇的人们议论纷纷。不到一小时,鹿茸镇半数的居民都排起队来,手里捏着两美元,等着看稀奇。

现在是夏天,放焰火的时节已经过去,"瓢虫舞会"也还早着呢,反正没什么好玩的,于是我和卡尔便也站到队尾,跟梅耶女士以及浸信会①的人们排在一起。

梅耶女士戴着一顶宽檐的大草帽。她声称自己的皮肤从不暴露在阳光下。即便这样,她的脸上还是有许多皱纹,就像一件没有熨过的衬衫。梅耶女士是鹿茸镇的历史学家和图书馆馆员,很把自己的工作当回事儿。此刻,她跟往常

---

① 浸信会属于基督教的新教宗派,强调受洗者需为理解受洗意义的信徒,主张受洗方式为全身浸入水中。

一样,脖子上挂着照相机,收集着小镇的新闻信息。

"托比,你妈妈怎么样了?"她问。

"挺好的。"我说。

"如果她能赢,那可真是镇上了不起的大事。"

"是啊,女士。"我虽然嘴上这么说,脑子里可不愿想象妈妈获胜的场景。妈妈梦想着追随她的偶像——歌星谭米·温内特[①]的脚步。上个月,她参加了在阿马里洛市举办的一场歌手大赛,并获得了第一名。她得到一个奖杯,还有去纳什维尔[②]一星期,以及参加全国业余歌手乡村音乐大赛——由大老开剧院举办——的所有费用。纳什维尔比赛的获胜者可以刻一张唱片。

小汽车和大卡车络绎不绝地驶入挤奶姑娘店的停车场。有些人丝毫不加掩饰,迫不及待地前去排队等着看新鲜。另一些人假装对人们议论的事情一无所知,他们先是走进挤奶姑娘店,点一些吃的,然后拿着可乐、巧克力蛋筒或卷卷薯条出来,最后溜达着走到队伍后面。他们可骗不过我的眼睛。

队伍一动不动,因为展览还没有开场。一个瘦巴巴的家伙穿着一件男士小礼服,嘴里叼着烟斗,正在拖车旁边收钱,卖一种绿色的票。为了满足自己的好奇心,卡尔可以永远在队伍里排下去。他知道的闲言碎语比镇上的哪个老太太都多,大都是在轧棉厂那儿听来的。他爸爸和其他农

[①] 谭米·温内特(Tammy Wynette,1942-1998),美国已故乡村音乐巨星。
[②] 纳什维尔,美国田纳西州首府,被誉为美国乡村音乐的发源地。

夫会在那里喝咖啡,闲聊。

"我还有别的更有意思的事情要做呢。"我对卡尔说。比如吃饭。我的肚子一直在咕噜噜地叫。自从妈妈几天前离开后,我就没吃过一顿像样的饭。其实最近她一直在为那个愚蠢的比赛做准备,都不怎么做饭。但我真怀念她从拉玛保龄球馆的咖啡厅带回来的炸鲶鱼和烤肉套餐啊,她就在那家保龄球馆工作。

"哦,别这样,托比!"卡尔央求道,"他可能明天就走了,我们再不会有这样的机会了。"

"不过是个胖小子。要我说,马尔科姆没准儿都能把他打趴下。"马尔科姆的妈妈声称她儿子只是骨架大,并不是胖,但我们亲眼看见过马尔科姆一口气吃下了六个巨无霸汉堡。我沉重地叹了口气,就像爸爸看见我那个满是 C 的成绩单时一样。"好吧,"我说,"但我只能再等十分钟。过了那个点,我就走人。"

卡尔露出他那招牌式傻笑,缺了个门牙的豁口暴露无遗。他总是吹牛说那颗牙齿是踢足球时磕掉的,其实我知道是怎么回事。卡尔把他姐姐凯特的卡罗尔·金[①]唱片划坏了,挨了一顿暴揍。卡尔说,这辈子每个该死的日子都要听"你让我感觉像个自然的女人",实在很倒胃口。

斯佳丽朝队伍走来,牵着她妹妹塔拉的手。她白色敞怀上衣里穿着比基尼胸罩,下面穿着一条紧身热裤,裤腰刚刚齐到肚脐眼下面。她这身打扮简直酷毙了,再加上被

[①] 卡罗尔·金(Carole King,1942–),歌手兼作曲,是美国最成功的"创作歌手"之一。

太阳晒得黄澄澄的皮肤,绸缎般的金灿灿的头发,她真可以去拍美黑膏的广告了。

斯佳丽没有走向队尾,而是朝我走来。朝我走来!她粲然一笑,流露出性感辣妹的魅力,以及两颗门牙间那小牙缝的可爱劲儿。卡尔咧开嘴傻笑,露出他的豁牙。我却半垂下眼皮,把脑袋微微往后一仰,好像在酷酷地说:"你好。"

斯佳丽说话了:"你好,托比,你能帮我一个忙吗?"

"没问题。"我尖着嗓子一口答应道,扮酷的效果瞬间土崩瓦解。

斯佳丽扑闪着她的眼睫毛,我有点儿喘不过气来。

"替我把塔拉带进去。"她把她妹妹黏糊糊的小手递过来,就像递过来一条狗链子。然后,她把手指费劲地伸进紧身热裤的口袋,掏出两张皱巴巴的一美元钞票。如果能变成这样一张钞票塞进她的口袋,付出什么代价我都愿意。

她把金色的秀发往后一甩,解释道:"我要回家好好准备一下,胡安很快就要来了。"

我的胸口一阵刺痛。妈妈说得对,斯佳丽是个坏女孩。妈妈总是跟我说:"你最好离那个姑娘远点儿。我上学的时候她妈妈名声就很臭,上梁不正下梁歪。"

卡尔对着我肩膀砸了一拳:"干得不错嘛,护花使者!"

我目送斯佳丽穿着紧身热裤回家,准备迎接鹿茸中学唯一的墨西哥男生——胡安·加西亚的到来。胡安已经开始刮胡子了。他比其他男生高一头(比我高两头)。因此,尽管他步子很慢,投篮也不准,但仍然毫不费力地成了篮球队的正式上场球员。每次我在镇上看见他,他身上都挂着一根五号的高尔夫球棒。我总是躲着他走,从不打算给他抢球棒打人的机会。

"胖子,胖子,横着长。"塔拉盯着拖车,嘴里念叨着,"身子没法进厨房。"

"闭嘴,小丫头。"我嘟囔着。

梅耶女士听了,皱起眉头看着我。

塔拉使劲挣脱我的手。"哎哎!"她喊了起来,"他说'闭嘴'。斯佳丽!"她踮起脚尖,似乎这样就能让声音传得远一点儿,"托比叫我闭嘴!"

可是已经迟了。斯佳丽早已消失在马路对面。没准儿她都已经待在家里,往肉嘟嘟的嘴唇上抹唇彩了,我却正捏着哭鼻子的塔拉那棒棒糖般黏黏的手指,站在缺了门牙的好朋友身边,等着看世界上最胖的男孩。

第二章

天空一丝云也没有,天气热得像蒸笼一样。威利的蛋筒冰激凌摊就在停车场对面的那棵大榆树下,我真想松开塔拉的手,直奔过去。可是那样一来,我跟斯佳丽交往的机会就会被彻底断送掉。

莱维长官开车经过这儿。他在执行下午的巡逻任务。他放慢车速,看向我们这边。他的狗——公爵——坐在副驾驶座位上。公爵是莱维长官收养的宠物。鹿茸镇上的人发现了流浪猫或流浪狗,都会给莱维长官打电话,让他把小动物带走,送到动物收容所去。莱维长官特别爱狗,从不忍心抛弃它们。所以,在小镇一英里之外,莱维长官那一英亩大的农庄里,养了二十多条狗。然而,流浪猫就没这个待遇了,它们统统都被直接送到了动物收容所。

莱维长官朝我们挥挥手,然后继续巡逻去了。他径直开到大马路的尽头,朝高速公路驶去。

终于,那个卖票的瘦子走到了拖车门前的台阶顶上。虽然嘴里叼着烟斗,但他的娃娃脸、背带裤和小礼服,让他看上去更像是打算参加八年级的正式舞会。从前面看,他的头发很短。他一转过身去,我才注意到他的后脑勺有一根马尾辫,长得拖到了背上。

"欢迎欢迎,乡亲们。"他像在嘉年华乐园里招徕观众的人那样大喊。他的声音比他的脸老成一些——低沉、清晰,像播音员的声音。"过来看看扎卡里·比弗,世界上最胖的男孩。六百四十三磅。不用着急,慢慢看,但请记住后面的人也想看一眼。我叫保利·兰金,很高兴接受大家的提问。"

"并接受你们的钱。"卡尔不动嘴唇地轻声说,"对了,你能借我两块钱吗?"我点点头,从兜里扯出两美元。

塔拉跳上跳下:"我等不及了!我等不及了!你说,他会比圣诞老人还胖吗?"

"我怎么知道?"我嘀咕了一句。

卡尔跪在她身边:"我敢说他比圣诞老人还要胖三倍。"

塔拉睁大了眼睛:"哟!那可真胖啊!"

卡尔喜欢小孩子,可是话说回来,有时候他自己就像个小孩子。也许因为他是家里最小的孩子吧。他有两个哥哥一个姐姐。大哥威尼当兵去了,这会儿正在越南服役。威尼就是我心中渴望拥有的那种大哥。

威尼每星期都给卡尔写信。可是卡尔太懒了,几乎不怎么回信。如果我有个哥哥在越南,常给我写信,并说我是个讨人喜欢的弟弟,我肯定每次都会回信。

卡尔把每封信都念给我听。威尼从来不说我们在新闻里看到的那些东西——血腥和暴力。他写的都是对家乡的怀念。比如,他多么想念躺在床上听收音机里的卡西·卡

17

西姆[①]和沃夫曼·杰克[②]的时光。以及他多么希望能再吃到威利摊子上的巴哈马大娘蛋筒冰激凌,让糖浆顺着手指淌下来。还有,他最倒霉的一天,是参军前雄鹿队和红雀队比赛那天。因为当时他只顾着看某个穿粉红色热裤的姑娘走上看台,竟然没接住那个高飞球。他说,只要能够回家,他情愿把那倒霉的一天重新来过一百遍。听威尼这么说,好像鹿茸镇是地球上最好的地方似的。有时,他还会还加上一句:又及,向你的朋友托比问好。

队伍慢慢往前移动。人们从拖车里出来时,有些人一言不发,好像在福音布道会上受到了震撼似的。还有几个人嘴里念叨着:"仁慈的上帝啊!"其他人则轻松地说说笑笑。

最后,我们终于挪到了门口。我把四块钱递给保利,低头看了一眼塔拉。她双腿交叉,像疯了似的跳上跳下。

保利拿开嘴里的烟斗,问道:"喂,这小孩不是要撒尿了吧?"

"是吗?"我问塔拉。我本来不想用这么恶狠狠的语气的。

塔拉摇摇头,两根细细的小辫像狗耳朵一样啪啪甩动。

"她最好别尿到车里。"保利说。我们走上拖车的台阶时,他摸摸下巴,怀疑地看着塔拉。

我咬牙切齿地把保利的警告重复了一遍:"你最好别

[①] 卡西·卡西姆(Casey Kasem,1932-),美国著名电台主持人和配音演员。
[②] 沃夫曼·杰克(Wolfman Jack, 1938-1995),美国著名音乐人。

尿到车里。"

狭窄的拖车里有一股菠萝汁和柠檬水的味道。里面黑乎乎的,只有一盏灯,还有从窗帘缝隙钻进来的阳光。那头挂着一个帘子,挡住了后面的空间。拖车中间就坐着那个我这辈子见过的块头最大的人——扎卡里·比弗。他满月般的大脸庞上顶着一头短短的黑发,活像戴着一顶小了两号的紧巴巴的帽子。他的皮肤白得像脱脂牛奶。他那淡褐色的眼睛被鼓鼓的腮帮子挤得几乎都看不见了。

他穿着一条巨大的松紧带裤子和一件褐色衬衫,坐在电视机前,看着《猜谜》节目,喝着一杯超大杯巧克力奶昔。他腿上放着一份《收视指南》,脚边有几摞书和《新闻周刊》杂志,还有一袋雷伊牌薯片。三面玻璃墙把他围在中间。墙不太高,我想是为了防止塔拉那样的淘气包去捅他、摸他。毕竟,他可不是卡通人物菲斯布里面团宝宝。玻璃墙角的一个牌子上写着:别碰玻璃。其实,即使有人碰了也不要紧,电视机旁放着一瓶玻璃擦洗剂和一卷纸巾呢。

不可否认——这个地方干净得出奇。除了一个灰扑扑的书架——里面塞满了百科全书和其他图书,这里就像医院一样一尘不染。书架中间的一格孤零零地放着一个金色的纸盒。

站在这里,盯着别人看,就因为他长得与众不同,这种感觉似乎很怪异。威利是鹿茸镇上长得最奇怪的人,但我见惯了他坐在破破烂烂的高尔夫车上的驼背样子,早不觉得他相貌古怪了。

梅耶女士走上前,举起照相机,问胖男孩:"我可以给你拍几张照片吗？"

"不可以。"胖男孩扎卡里说。

梅耶女士只好把照相机挂在胸前。她说："看得出来，你喜欢读书。我在鹿茸镇图书馆工作。"

扎卡里没有理她。

塔拉一反常态地安静下来。卡尔则问个不停。他什么都想知道。他就像一只红头啄木鸟，好奇心一上来，就啄、啄、啄，一定要啄出一个坑来。

"你吃多少东西？"他问扎卡里。

"能吃多少就吃多少。"

"你多大了？"

"已经很大了。"

"你在哪儿上学？"

"就在你眼前。"

扎卡里的脸上一点儿笑容也没有，也从不跟我们对视。他的注意力全在那个猜谜节目上。

卡尔又问："那个金色的盒子里是什么？"

扎卡里没理他，目光懒洋洋地从卡尔的脸上扫过。

我希望卡尔能闭嘴。他不仅给我丢脸，而且提的问题很不礼貌。但扎卡里只是做出一副厌倦和有点儿不耐烦的样子，像是在赶走一只苍蝇。

我没有提问，但脑子里一直在思考。比如，扎卡里是怎么钻进拖车的？他的身体这么宽，不可能通过那道门。此时，塔拉那首傻里傻气的儿歌在我的脑海里一遍遍地回响：胖子，胖子，横着长。身子没法进厨房。我正奇怪塔拉现在怎么不唱了,于是低头去看她。天哪!塔拉那睁得大大的眼睛泪汪汪的。她一只手捂住嘴巴,另一只手夹在两条交叉的大腿间。一股黄黄的液体正从她腿上流下来,打湿了她脚上白色的软底帆布鞋。

我后退一步:"该死——"

扎卡里把目光从电视机屏幕上抬起,扫了一下四周,同时,他宽大的鼻孔翕动着。"我闻到的是尿味儿吗?那个小孩在这里撒尿了?把她弄出去!"他指着出口说。他的手指伸出去的时候,胳膊上的赘肉在来回颤动。

拖车里的每一双眼睛都在盯着我们,除了卡尔——他正探头探脑地这里摸摸,那里碰碰。我真想抓起塔拉的小辫,把她像足球一样踢飞,踢得她穿过马路,冲向她家门口,把刚到的胡安撞个人仰马翻。然而,我只是抓起塔拉的手——她捂嘴的那只——匆匆走出拖车,穿过外面等候的人群。我走得大步流星,塔拉跟在后面要跑起来才不会被我拖倒。我们穿过两条马路来到斯佳丽家。胡安正坐在门廊秋千的左侧,握着斯佳丽的手。那根五号球棒放在胡安脚边。他身上穿着一件白色的 T 恤衫,胸前用红字印着"别惹墨西哥超人"。

"他太——胖——了!"塔拉大喊着跑了进去。她那短裤的屁股后面有一大片湿印子。

这肯定是我最倒霉的时刻了。我转过身,想避开胡安和斯佳丽。

可是已经来不及了。胡安冲我大喊:"嘿,伙计,没想到你还给人看孩子。"

第三章

看到斯佳丽和胡安在一起,我简直气疯了,差点儿忘了我的自行车还停在挤奶姑娘店门口。等我赶回那里,排队观看扎卡里的人已经散了,卡尔也走了。我跳上自行车,经过小镇广场,骑回家去。

鹿茸镇在287号公路尽头,位于铁路线和帕罗多峡谷的断层之间。因为那些断层,这里不像得克萨斯州大多数的锅柄地带①那么平坦和贫瘠。大多数锅柄地带的小镇都没有树,除非有人特意栽种,可是鹿茸镇却有大量的榆树和雪松树。

自从银行取消一些农场的抵押品赎回权后,小镇的人口就在不断减少。许多店铺都关掉了,只剩下费里斯的拉玛保龄球馆、伊尔林的房地产代理公司和克利夫顿的纺织品店还在坚持。两年前,有人在一些空店铺里开了古董店。

在古董店里买东西的,大都是从沃斯堡或达拉斯路过

---

① 原文Panhandle,亦译为柄状的狭长区域,为得克萨斯北部延伸地域。

这里的人。这可真奇怪,他们看上去明明买得起新东西呀。

鹿茸镇的郊外有台轧棉机,所以,经常可以看见一小团棉花在风中飘舞,就像一片迷失的雪花。

我家在常春藤街,跟小镇广场隔着四条街,跟学校隔着两条街。卡尔家虽然在小镇边上有一片棉花田,却住在我家隔壁的一栋小砖房里。这似乎不太公平——卡尔家的人像沙丁鱼一样挤在小房子里,我们一家三口却住着一栋两层楼的大房子。

并不是说我们家的房子算得上豪宅什么的。妈妈说它是传家宝。它最初属于妈妈的爷爷奶奶,然后属于妈妈的爸爸妈妈,现在则归我们所有。它就是人们经常在农场里看见的那种房子——周围是一英亩的土地,墙裙是白色的,房子前后左右都围着长廊,屋顶上有风向标。

我到家时,看见卡尔的自行车平躺在他家院子里。他二哥比利正在车道上捣鼓威尼的那辆旧野马。比利想把车修好,等威尼三月份回家时给他一个惊喜。

卡尔家的前院有一根高高的旗杆,上面飘着一面国旗。在威尼去越南之前,卡尔家只在每年七月四日和其他爱国日才挂国旗。而现在,卡尔家的国旗每天早晨升起,晚上落下。

卡尔的妈妈麦克奈特太太正在前院里一边修剪玫瑰花,一边哼着歌儿。我仔细听了听,没听出是什么歌。也许是一首爱尔兰老歌。卡尔说,他妈妈那边的人把那些歌像一床旧棉被一样代代相传。

麦克奈特太太跟平常一样,腰里系着一条印花围裙。卡尔家只有麦克奈特太太一个人不是红头发。此刻,麦克

23

奈特太太的一头黑发在微风中飞舞起来。这一幕使我想起了妈妈——她在头发里喷了那么多发胶,足以让发型对抗锅柄地带的各种风势。她还开玩笑说,自己的头发梳得那么高,里面都能藏得下一个飞盘。妈妈声称,夸张的发型能帮助她唱出高音。

麦克奈特太太在冲我挥手,我也朝她挥了挥手。

"你妈妈有消息吗?"

"还没有呢。"我希望大家别再跟我打听妈妈的事了。她才刚离开几天而已,比赛要下个星期四才开始呢。过了星期四,大家准会问:"她比得怎么样?"幸好,那个胖男孩现在代替了妈妈,成为小镇上最有刺激性的新闻。

家里,立体声音响里放着莫扎特的音乐。爸爸正站在水池前切灯笼椒。他穿着邮差工作服,几支黑色的比克钢笔整整齐齐地插在衬衫口袋里。爸爸低着头,我注意到,他头顶那块秃斑已经变成橘子那么大了。他从后院菜园里摘来的萝卜、洋葱和生菜被放在流理台上。爸爸的手指又长又直。作为邮差,他在邮局里分拣信件就像扑克老手发牌一样迅速。可是此刻切那些灯笼椒时,他的手指却显得那么笨拙,不听使唤。

"饿了?"他问。

"嗯,好像有点儿。"

"我想做个沙拉。"爸爸也许会种蔬菜,但他这辈子从没做过沙拉。他好像在厨房里迷失了方向,四下转悠着想找一只沙拉碗。他打开一扇柜门,挠挠下巴,又打开了另一扇柜门。我也不知道上哪儿去找沙拉碗。我在食品柜里找了找。架子上摆满了食物：一盒盒的谷物、通心粉和薄脆饼干，一罐罐的汤、炖西红柿和绿豌豆。我打开冰箱，牛奶、鸡蛋、美国奶酪片塞在一包包火腿和大红肠旁边。爸爸总是抱怨妈妈没在家里储存足够多的食物。这次妈妈准备了这么多，即使全国遭灾我们也能应付了。

这些食物使我想起了那天夜里，妈妈收拾行李时的情景。我坐在她的床边看着她。她的每双牛仔靴子都排在墙边，包括上面有红星星的青绿色靴子。她把自己所有西部风格的衬衫和裙子都扔在床上，把一管管唇膏从水池下面的柜子里掏出来，丢进一个小箱子里。她这么大张旗鼓地收拾，我敢说她不是要离开一星期，而是要离开整整一个夏天。她唯一没有收进行李的，大概就是那条以前属于她妈妈而现在属于她的珍珠项链了。她跟我说过，以后要把项链送给跟我结婚的女人，这样珍珠项链就能一直留在我们家了。妈妈一边收拾行李一边唱着《嘿，俊模样儿》。我一直忍不住纳闷，要离开家的妈妈应该那么开心吗？麦克奈特太太从不撇下家人独自出门旅行。

爸爸已经在摆桌子了，桌上是妈妈那套埃尔维斯[①]在拉斯维加斯演出场面的塑料垫子。此刻，垫子上的埃尔维斯手里抓着麦克风，穿着亮闪闪的白色西装，似乎在看着我。餐桌边，妈妈的座位空空的，显得桌子特别大，还很安静。每次吃饭总是妈妈在说话。爸爸和我会一边吃，一边听妈妈讲梅耶女士那年迈的哥哥——法官大人——当天在咖啡

[①] 此处指埃尔维斯·普雷斯利，(Elvis Aron Presley, 1935—1977)，即猫王，美国摇滚乐史上影响力最大的歌手，有摇滚乐之王的美誉。

厅说的一些好玩的话。有时候妈妈讲的是莱维长官终于从菜单上点了些别的东西，却又立刻换回了他的老三样——汉堡包、迦拉辣椒和油炸薯条。

我一直都知道，妈妈梦想成为一名著名歌手，但我总以为那只是一个梦。就像尽管你对着星星许愿，但其实内心深处知道它可能永远也不会实现。毕竟，星星离我们太远了。

如果把洋葱挑出来，爸爸的沙拉做得其实还不错。洋葱味道太冲了，但我还是把它周围的菜都吃了。看样子，爸爸是在等着我说说沙拉，于是我告诉他："味道不错，老爸。"

"真的？"他似乎放心了。我庆幸自己说了这句话。

"是啊。"

"是不是洋葱用得太多？"

我低头看着盘子边缘的洋葱片："嗯，我一向对洋葱不太感兴趣。"

"下次我争取记住。"

我想说，老爸，别着急，妈妈很快就会回来了，你没必要把自己变成一个美食大厨。

爸爸是来自小地方普拉托，还是来自大城市达拉斯，鹿茸镇的人并不在乎。滑稽的是，现在似乎爸爸比妈妈更像这里的人。我想，多年前，爸爸从这里经过，寻找一个地方养蚯蚓的时候，妈妈根本没指望他能在鹿茸镇定居。

爸爸是奥托·威尔逊，田纳西褐鼻钓饵蚯蚓公司的奥托·威尔逊。从常春藤街到基泽湖和西摩湖，大多数钓饵商店都由他供货。他还养了许多蚯蚓,供当地的男人到他们最喜欢的地方去垂钓。我会帮着他照顾蚯蚓——把它们按大小分开,更换土壤,保持湿度。

吃完饭,我和爸爸一边洗碗,一边听电视新闻。我们并排站着,我还不到他的肩膀高。人们说我长得像妈妈——黄头发,棕眼睛,小个子。

电视上,战地记者出现了,音量顿时提高。记者对着麦克风喊叫,想盖过背景里直升机和M-16自动步枪的声音。

爸爸转过身,看了一眼电视屏幕,说:"把那玩意儿关了,好吗?"

我朝电视机走去,心想,不知威尼是不是在那里或那样的地方。

后来,我骑车出了小镇,到高西摩湖去。夜幕降临,太阳沉到了地平线的下面,我看见了月亮。我骑过挤奶姑娘店,人群早已散开。现在天黑了,拖车周围的圣诞节灯闪闪发光,像一颗颗坠落的星星。保利坐在雷鸟车外的一张草坪椅上,抽着烟斗,凝望天空。我猜,第二天一早他就会奔向下一个小镇,那里挤满了要烧掉两块钱的傻瓜。

扎卡里到底有着怎样的过去啊?每天都坐在狭窄的拖车里,让人们排着队来盯着他瞧。但至少他去过许多地方。至少他没有眼睁睁地看着自己心爱的女孩跟另一个男人手拉手,他的妈妈也没有跑去变成谭米·温内特。如果没有卡尔,鹿茸镇的生活简直就像看蚯蚓交配一样无聊、乏味。可卡尔也是一个大傻帽。我在斯佳丽那儿之所以一败涂地,没准儿就是因为他,没准儿是他毁掉了我的形象。

高西摩湖很像一个大池塘。它最初是一个小泥潭。有一年春天,雨水特别多。在亨里克·高西摩家的土地上,一个小泥潭慢慢变得像小水塘那么大。高西摩先生说,这是上帝在暗示他:得为鹿茸镇的孩子们做点儿事情。于是他就在泥潭周围拼命挖土,然后叫欧文斯先生用挖掘机挖出了这个湖。

很快,这就成了一个小镇级别的项目。第一浸信会建了一个小水坝蓄水;圣地兄弟会竖起一架风车,让湖水总是满满的。干巴巴的鹿茸镇就这样有了自己的人工湖。其实这个湖跟一个泥潭没什么差别。它到处竖着牌子,上面写着:不许游泳,不许钓鱼。还不如干脆竖一个牌子写上"不许快乐"呢。

我避开湖岸上成排的树,跳下自行车,一屁股坐在湖边的草地上。一阵微风从西南边吹来,带来了马丁斯家牛饲料的臭味儿。我脱掉运动鞋和短袜,卷起牛仔裤腿,准备下水。有一次,我和卡尔蹚入水中,卡尔说了句:"不知道水里面有没有蛇?"吓得我立刻跳出水面,他也赶紧跟了出来。今晚,即使这个大泥潭底部有一个蛇窝我也不在乎。让它们尽管来咬吧。

往水里走时,我听见野草在沙沙作响。我忽然觉得,其实我并不是那么热切地渴望看到蛇。湖对岸,有两个靠得很近的身影坐在那里。其中一个动了动,我看见金黄色的头发闪了一下,是斯佳丽和胡安。我盯着那两个人,感到胃里一阵难受。

第四章

第二天早晨，我从沉睡中突然惊醒。一个土块砸向我卧室的窗户，同时传来卡尔喊我的声音。我拉开窗帘，光线洒进了房间。我得使劲眯起眼睛，才能看见卡尔正在楼下抬头看向我。

"快点儿！"他喊道，"你打算睡一整天吗？"

这才刚刚早晨八点。有卡尔这样的好朋友，我不需要闹钟。卡尔家每天早晨都有固定的程序。每个人都六点钟起床——夏天也不例外，铺床叠被、吃早饭、洗碗、收拾餐具，六点半准时刷牙漱口，然后大家开始干活儿。活计的单子被用一个笑脸磁贴贴在冰箱上。单子上有三列，每列顶上都对应地写着他们家一个孩子的名字（除了威尼）——凯特、比利和卡尔。每次我去卡尔家过夜，都会被迫卷入这个程序，但我不介意。他们就像一支肩负使命的快乐部队，有条不紊地一项项干掉单子上的任务。

夏天，他们八点钟出门，手里拿着锄头，去棉花田里干活儿。大多数棉农都用除草剂清除杂草，用杀虫剂消灭害虫。卡尔的爸爸——麦克奈特先生除了每年往棉花田里放一次瓢虫来防害虫,其他的什么都不用。他相信,省一分就等于挣一分。

有一次,妈妈在厨房里往窗外看,看见麦克奈特家的四个孩子拿着农具挤进敞篷卡车后车厢,不禁连连摇头:"麦克奈特先生在把孩子们当奴隶使唤呢。他应该雇个帮手。"妈妈相信,挣一分就能在克利夫顿纺织品店花一分。

但今天是星期六,就连卡尔的爸爸也会让孩子们周末休息。我打着哈欠,伸了伸懒腰,叫卡尔等着。然后,我把梳妆台上的绿色塑料兵排整齐,在台历上叉掉昨天的日期。还有二百三十一天威尼才能回家。我胡乱套上T恤和牛仔裤,抓起两个英式小松饼就出门了。今天我要把蚯蚓的土壤洒湿,但待会儿再做爸爸也不会说什么,只要今天做了就行。

卡尔骑在自行车上等我。他双手紧紧捏着车把,捏得骨节都发白了。"喂,瞌睡虫,你怎么这么磨蹭?"

我没理他,扔给他一个松饼,然后到车库取自己的自行车。隔壁,卡尔的姐姐凯特正在练习停车入位。她开着她家的客货两用车,试图从街上两个垃圾桶的中间倒过去。她看上去像个老太婆——卷卷的红头发盘起来堆在头顶,眼镜低低地架在鼻子上,肩膀弓得高到了耳朵,身体蜷缩在方向盘后面。

鹿茸镇的每个初中生都拿到了驾照,只有凯特例外。今年夏天,麦克奈特太太带她去阿马里洛考了三次试,每次她都在路考环节失败,因为她不会停车入位。此刻,慌张的凯特一边不停地瞧着三个后视镜——一会儿看前面,一会儿看旁边——一边开着车一点一点地往后倒。

我和卡尔骑跨在自行车上,吃着干巴巴的松饼,停在我家车道上看着这一幕。我停止咀嚼,甚至交叉起手指,暗暗祈祷凯特这次能成功。然而,跟以往一样,她倒车时碰到了后面那个垃圾桶,并把它给撞翻了,金属桶哐啷啷地撞在马路上。

"哦!"卡尔两只手拍打胸脯,以慢动作从自行车上摔了下去,故作痛苦状,"伙计,她撞到我了。"卡尔平躺在地,倒下的自行车后轮压在他腿上。做完这些,卡尔抬起头,朝凯特那边看去。我被他逗笑了。

凯特从车里跳出来,推了推眼镜,把垃圾桶重新立回去。松松垮垮的牛仔裤和扎染T恤几乎把她瘦小的身子给吞没了。返回方向盘之前,她怒气冲冲地看着卡尔,两个拳头捏得紧紧的,放在身体两侧。

"快走。"卡尔说,"赶紧离开这里,她要发作了。"

我们在常春藤街的人行道上骑得飞快,卡尔在右,我在左。我们像田径明星跨栏一样,提起前轮跃过马路牙子,然后一个急转弯,绕过常春藤街和朗斯顿街的拐角,迎风骑得飞快。我们知道这样做不会摔倒,因为已经玩过无数次了。我们能做到随时刹车,每次到学校的时候我们就会来个急刹车。再过几个月,球场上就会跑满孩子,但此时此刻,马尔科姆正在那儿用他老爸的割草机割草。看样子他已经干了一阵子了,空气里弥漫着新割下的青草的香味儿。马尔科姆朝我们挥手,我们也朝他挥手,可是卡尔对他大喊:"喂,马尔科姆,你这个大笨蛋!大泪包!"

我们很安全,因为割草机隆隆响着,马尔科姆根本听不见卡尔的声音。他又挥挥手,收紧他的大肚子,加快了割草机的速度,就好像他开的是一辆哈雷—戴维森牌大型摩托车。他穿着鹿茸镇摔跤队的T恤。但在他参加过的唯一一次摔跤比赛里,他只是作为候补队员,坐在板凳上看完了整场比赛。

去年夏天,在莱维长官围着电栅栏的房子外面,卡尔和我问马尔科姆敢不敢来一场撒尿比赛。马尔科姆接受挑战后,我们三个面对栅栏进行比赛。我和卡尔都故意没射中目标。就像我们预料的那样,爱显摆的马尔科姆瞄准了栅栏。他刚成功地射中,就被电流击翻,仰面躺倒。虽没怎么伤着,但他受的惊吓可不小。他当时一个劲儿地嚷嚷:"蛇!我被蛇咬了!"我和卡尔在一旁捧腹大笑。他哭着跑回家向他妈妈告状。作为惩戒,大人们罚我和卡尔好几个星期都不准骑车。

"你说,那家伙吃多少东西?"卡尔问。

"马尔科姆?"我问。

"不是。"卡尔摇摇头说,"扎卡里。"

"他告诉过你了,能吃多少就吃多少。"

"天哪,那家伙块头可真大。"卡尔继续说,"不知道他是不是进了《吉尼斯世界纪录大全》。"

"管他呢。"

"你说,他真的有六百四十三磅重吗?"

我耸耸肩膀:"不知道。大概有吧。"

"我是说,他们怎么给他称体重呢?大多数磅秤都称不了那么重。"

"也许他们在肉铺里给他过磅。"

卡尔挠挠下巴:"不知道他怎么上厕所。"

"你是怎么上厕所的?"

"你明白我的意思。我是说,他是不是需要一个特别的马桶呀?"

我翻了个白眼。

"你说,他那个金色的纸盒里装着什么?"

我不愿意谈论那个胖男孩。我感到胃疼,因为我想起了塔拉的事,还想起了昨天晚上在湖边看见斯佳丽和胡安在一起的情景。

"现在去哪儿呢?"我问。

"去威利的摊上看看?"

"吃蛋筒冰激凌的时间还早。"我说,"而且,他一点钟才开张呢。"

"游泳去?"

我狠狠地白了他一眼。他明知故问。自从去年夏天,我游泳时吞了一口水被呛住之后,就再也没在镇上的游泳池里游过泳。当时,救生员紧张极了,手忙脚乱地把我从游泳池里拽出来,嘴对嘴地给我做人工呼吸。

"噢,对了。"卡尔想起来了,"打保龄球?"

"好吧。"今早好像什么事都不好玩。风越来越大了,卡尔的红色卷发在他脸庞周围舞动。

"你妈妈赢了吗?"

"说过一百遍了,比赛下个星期四晚上才开始呢。"

"你有钱吗?"卡尔问,一点儿都没感到难为情。

"有点儿。不够我们俩的。"

"那我最好先回家一趟。但愿凯特的爆脾气已经熄火了。"

"你打算从她那儿弄钱?"

"没办法啊。比利跟我一样也破产了。他在汽车餐厅挣到的每一分钱都砸在威尼那辆老爷车上了。凯特跟个守财奴似的,把钱全都攒着。"

"伙计,你胆子够大的。"

卡尔身上永远没有钱。他总是从我这儿借一点儿,然后忘记还。有一天,他把我惹恼了,我把他从五年级起向我借的每一分钱都加起来算了一下,总共四十六块。但是我们第二天又和好了,所以我一直也没让他还钱。

我们回去时,卡尔家的那辆客车停在车道上,那些垃圾桶不见了。房子里隐约传来《音乐之声》唱片的声音。除了卡罗尔·金,凯特最喜欢流行歌曲。

凯特弯腰驼背地坐在餐厅桌边的缝纫机旁。比利在沙发上闭目养神,对音乐和缝纫机的嗡嗡声充耳不闻。

卡尔向凯特走去,一把抓起她钉在桌上的设计图案,那是一块蓝色闪光布料。

"放下!"凯特厉声说。

卡尔把布料抓在胸前,像个娘娘腔一样在屋子里跳来跳去,还跟着音乐唱道:"我今年十六,明年十七。"这一幕本来是蛮滑稽的,可是凯特根本不吃这一套。我真想告诉她——我跟卡尔不一样。我也认为卡尔的行为像个大傻帽。

凯特一跃而起,但肩膀还是弓着的。她脸绷得紧紧的,两条胳膊上的战俘手镯都被她推了上去。大多数姑娘只戴一个手镯。凯特不是。她说,如果有战士不幸在越南被俘,她至少可以把他们的名字戴在手腕上。"放下,卡尔·迈克尔·麦克奈特!赶紧放下!不然你试试看!"

比利没有动弹。他甚至打起了呼噜。我站在那里,无能为力。我最讨厌卡尔这样无缘无故地欺负凯特了。其实凯特并没有那么坏。

凯特追上卡尔,一把夺过布料。结果图案被撕坏,布料掉到了地板上。凯特气得眼珠子都鼓出来了:"你看看你干的好事!"

"哎哟。"卡尔说,"我觉得这意味着你绝不会借给我三块钱了。"

凯特一把抓起地上的布料:"快滚出去!卡尔,不然我就把你扔出去!"

比利突然睁开眼睛,都懒得弄清凯特为什么发脾气,直接冲卡尔嚷道:"滚出去,卡尔,你这个小流氓!"

卡尔拽着我的衣服冲出餐厅,朝大门跑去。我们跳上自行车,蹬得像疯了一样。风呼呼地拍打着我们的脸。一路上我俩谁也没有说话,只有自行车轮胎碾过人行道的声音。远远地,我听见火车驶入了车站。

"瓢虫什么时候来?"

"我爸说大概下个星期吧。"

去年,瓢虫是接近七月四日的时候来的。现在,我有点儿担心瓢虫到得太晚,来不及消灭那些棉铃虫。我想,我之所以这么兴奋,是因为今年将是我和卡尔第一次一起把一袋袋的瓢虫倒进棉花田里。

"现在去哪儿呢?"我问。

"去拉玛保龄球馆吧。"鹿茸镇的生活就是这么乏味。只有那么几件事可做,我们没有钱的时候,也会去看别人玩。

拉玛保龄球馆就在挤奶姑娘店对面。我们走近时,我吃惊地看见拖车仍然泊在停车场里。但是这次缺了一样东西——保利那辆蓝色的雷鸟。

我和卡尔同时停住脚步,盯着拖车看。

"也许他们到别的小镇吃饭去了。"我说。

"你说他还在那儿吗?"卡尔问,"我说的是那个胖男孩。"

"不会。"我虽然嘴上这么说,但也满腹疑惑,"快走吧,待在外面太热了。"

我们把自行车存在便道上,走进保龄球馆。

拉玛保龄馆里有一股汗脚和香烟的混合味儿,却是镇上最凉快的地方。今天空调开得这么低,我胳膊上都起鸡皮疙瘩了。去年夏天,保龄球馆坏了两条球道,老板费里斯根本没怎么花心思去修好它们。

费里斯靠在放保龄鞋的柜台上,摩挲着他长长的埃尔维斯式络腮胡。他的衬衫袖子卷了上去,露出两条胳膊上的文身,一个是铁锚,另一个是跳草裙舞的女孩。他说这些是他遇见吉姆·比姆的那个夜晚文上去的。起先,卡尔以为他说的是一个真人,后来我跟卡尔解释说,吉姆·比姆是威士忌,费里斯文身的时候喝得烂醉如泥。那个时候费里斯还没有认识耶稣,皈依宗教。

费里斯盯着窗外,过了好一会儿才认出我们。最后,他用拇指和食指揉揉眼睛:"嗨,伙计们,如果盯着太阳看太久,眼睛会瞎的。"他打了个哈欠,挠了挠昨天刚刮过的胡子,下巴发出沙沙的声音,"托比,你妈妈怎么样了?"

"挺好的。"我信口说道。

"好吧,下次她再打电话来的时候,你告诉她,这份工作还等着她呢。毕竟,除了这里,鹿茸镇的人还能上哪儿一边吃饭一边免费看演出呢?"

大家都知道我妈妈是会唱歌的女侍者。她会给顾客们即兴编歌,碰到讨厌的顾客,还编歌讽刺他们。她的声音高亢有力,鼻音恰到好处。她可以一边端出拉玛保龄特餐,一边唱着《酒吧音乐天使》里的歌,同时脑子里也许还幻想着自己正站在大老开的舞台上呢。

保龄球馆的咖啡厅里,在那幅《最后的晚餐》复制品旁边,费里斯在冷饮柜上方挂了一面很大的旗子——祝你好运,奥帕莉娜!

费里斯从柜台后面出来,一瘸一拐地走到门口,把"营业中"的牌子翻过来,挂好。镇上的人说,他的瘸腿是自残所致,是为了躲避朝鲜战争的兵役。费里斯声称那纯属巧合——在他服役报到的前一天,不小心擦枪走火。

在那之前,费里斯一直想当一名牧师,为此他还去俄克拉何马的圣经学院上了一学期课。现在他从不去教堂，但妈妈说他知道《圣经》里从《创世记》到《启示录》的内容。我很难想象费里斯当一名牧师的样子，就像很难想象他曾经逃兵役一样。

卡尔一屁股坐到柜台上："怎么样啊，费里斯？"

"哦，这里没什么新鲜事儿。但我一直好奇马路对面是怎么回事。"

"怎么啦？"我把胳膊肘撑在柜台上，用拳头抵住下巴。

"那个搞演出的家伙一小时前开着他的雷鸟走了。"

"胖子也一起走了？"卡尔问，一边跳下了柜台。

"好像没有。"费里斯说，"所以我才想不明白。我本来以为他们早就一起离开了。"

卡尔朝门口冲去。他回头看了我一眼，大幅度地挥着胳膊招呼我："快来。"

拖车下面，一根管子和电线穿过停车场，通到挤奶姑娘店里。保利肯定鼓捣出了给拖车供应水电的方法。

"托我上去。"卡尔说。一分钟后，卡尔已经坐在我的肩头，开始透过拖车后窗窗帘的缝隙朝里张望。

我有一种古怪的感觉，我们似乎不应该这么做。我的心跳得像定时炸弹一样剧烈。

"卡尔，趴窗偷看别人是要被抓起来的。那个胖男孩可能在洗澡什么的。"

"天哪！"

"莱维长官没准儿会开车经过。他会给我们戴上手铐，把我们关进镇监狱。"

"老天爷啊,上帝啊!"卡尔低声惊叹。

尽管我的心提到了嗓子眼儿,但我仍好奇地冒着风险,跟卡尔交换位置,也上去看了一眼。

映入我眼帘的是扎卡里的后背。透过布满一道道污迹的、肮脏的玻璃窗,我看到他正在吃一大碗牛奶玉米片,那是一只和面碗,大得能装下两盒玉米片。大碗边的桌上放着一本打开的书。

"天哪,他简直一刻也离不开书。"卡尔大声评论道。听到动静的扎卡里忽然转过身,一把拉开了窗帘。我坐在卡尔肩上扭动着,想要摆脱他抓住我脚踝的手,没想到卡尔担心我摔倒,抓得更紧了,结果我们俩一起摔倒在柏油路上。

"你们这些变态,看什么看?"扎卡里嚷道。虽然窗户关着,但他的话穿透了玻璃,撞击着我的耳膜。他打开窗户:"如果你们这些偷窥狂不赶紧离开这儿,我就叫警察了。"

卡尔和我冲向自行车,慌乱中抓错了对方的车,但已顾不上换过来了,等我们安全骑到家再说吧。

第五章

扎卡里发现我们偷看的第二天，我和卡尔来到图书馆，想看看他是否真的是世界上最胖的男孩。小的时候，妈妈每星期都带我去图书馆听梅耶女士讲故事，但是长大后，我已经很久没有迈进图书馆大门了，卡尔也是。

我们隔着门上的玻璃往里看。梅耶女士正坐在一张橡木桌后面，戴着她那架铁丝框眼镜，仔细地端详着几张黑白照片。看见我们进门，她好像不敢相信自己的眼睛："有十年没看见你们俩了。需要我的帮助吗？"

"不用，女士。"我们异口同声地回答着，朝房间的另一头走去。

头顶的灯光下，灰尘在翩翩起舞，空气里有一股旧书的霉味儿。我和卡尔漫无目的地走来走去，眼睛扫着架子上的书。《金银岛》《哈迪男孩探案记》和《老黄狗》使我想起了睡觉前妈妈给我读书的夜晚。

"不可能在这边。"我说，"这里都是小说。"

"你在说什么？"梅耶女士问。

我摇摇头:"噢,没什么,女士。我在跟卡尔说话。"

她点点头,又低头看照片。

我朝房间那头扫了一眼。在一个书架上方,有一个用彩色美术纸拼成的提示——"非小说类"。架子上的书都是关于响尾蛇、空间和宝石之类的。还有一些书,要么是和美国革命战争有关的,要么是几位总统的传记,没有一本是《吉尼斯世界纪录大全》。

"不在这里。"卡尔说。

"你们是在找这个吗?"梅耶女士举起一本蓝色的精装书,问我们。

卡尔走到她的桌旁,我也跟了过去。梅耶女士把《吉尼斯世界纪录大全》递了过来。

"谢谢!"卡尔大声说。

"不客气。"梅耶女士说完,又去看她的照片了。我凑过去,发现那些照片上是扎卡里的拖车和排队等着看他的人们。

卡尔翻着书,我从他肩膀后面看着。

"十五页和十六页。"梅耶女士头也不抬地说。

卡尔翻到十五页,找到小标题《最重的人》。

我疑惑不解地盯着梅耶女士。她是怎么知道的?

她灰色的眉毛在眼镜上面扬起来:"你们以为自己是第一个来打听那个男孩的人?过去的两天里,我在这个图书馆见过的人比以往一整年都多。"

"噢。"我说。自己居然跟那些好管闲事的人沦为了一类,我觉得很不好意思。

"书里没有他。"她说。

我们继续读书,看照片,寻找跟扎卡里有关的内容。

梅耶女士耸了耸肩:"随你们的便吧。"

她是对的。书里说,如今活着的最胖的人体重是七百三十九磅。还附了一张照片,上面是有史以来最重的人,他穿着一条硕大无比的工装裤。书里说,拍这张照片时,他体重七百磅。他死的时候年仅三十二岁,被装在一个钢琴箱子里安葬。我猜想着扎卡里会不会也是这样的命运。

"他比扎卡里块头大多了。"卡尔说。

"扎卡里还会长的。"我说。

卡尔挠挠头皮:"可是扎卡里号称体重六百四十三磅,应该接近那个块头呀。他肯定没说实话。"

梅耶女士的眼睛眯得像订书钉一样:"那有什么要紧?如果他愿意称自己是世界上最胖的男孩,对你们会有什么妨碍呢?"

我和卡尔没有回答。我们把书递回去,谢过她然后离开,就此结束了我们对鹿茸镇公共图书馆十年一次的拜访。

爸爸要请我在拉玛保龄球馆的咖啡厅吃午饭,这可是一年来的第一次。爸爸宁愿吃纸片,也不愿吃费里斯的那些油腻腻的食物。他相信吃的东西能决定人的性情。但是他今天心情很好,因为"墨西哥超人"李·特莱维诺赢了本周的英国高尔夫公开赛。几年前,特莱维诺刚开始参加职业高尔夫巡回赛时,大家都不看好他——一个来自埃尔帕索、毫不起眼的美籍墨西哥人。但爸爸总是支持弱者,不管他们来自哪里。早在1967年,波士顿红袜队赢得美国联赛的锦旗之前,爸爸就已经为他们呐喊助威好久了。

走进拉玛保龄球馆之前,我看了一眼街上。那辆拖车仍然泊在挤奶姑娘店的停车场上,保利的雷鸟车仍然不见踪影。

"喂,托比!"我听见了卡尔的声音,却没有看见他的人。我抬起头,手搭凉棚遮住阳光。卡尔正坐在保龄球馆的屋顶上。那儿是我们的秘密据点。

"嘿,卡尔!我还以为你在干活儿呢。"

"爸爸让我放假了,因为凯特要去考驾照,比利一大早就要去上班。"

"卡尔,跟我们一起去吃午饭吧。"爸爸说,"我请客。"

没有人会拒绝一顿免费的午餐,卡尔立刻从固定在墙外的金属梯子上爬了下来。

"费里斯知道你在上面吗?"爸爸问。

"他不在乎。"卡尔说,"我们经常这么干。"

爸爸认真地盯着我,扬起了眉毛:"是吗?"

卡尔使劲一拍我的后背。

"哎哟!"

"保利的车还没回来。"

"我知道,卡尔。我也长着眼睛呢。"

一进咖啡厅,我就尽情闻着各种香味儿。费里斯的菜单——一块小黑板——就挂在柜台后面,厨房窗户的旁边。上面写着今日特供:蜂蜜烤鸡、油煎玉米馅饼和芥末绿菜。菜单下面是每日《圣经》引文:"远离纷争,是人的尊荣；愚妄的人都爱争闹。"(《箴言》第二十章第3节)妈妈说,有人把自己的宗教带在袖子上,费里斯则把他的宗教写在小黑板上。

虽然自动电唱机里放着南方福音音乐,但这儿仍能听见隔壁球馆里保龄球撞击球瓶的声音。伊玛隔着厨房窗户看见了我们。她戴着"猫眼"造型的眼镜,镜片被蒸汽弄得一片模糊,这会儿她正用手背绕着圈擦拭镜片。

费里斯看见爸爸,似乎不敢相信自己的眼睛："最近怎么样,奥托?很久没看见你了。"

爸爸朝费里斯点点头："还行吧。你呢?"

费里斯摩挲着胡子茬："好得不能再好了。不过还是很想念你妻子。"

爸爸看了一眼柜台上面挂的"祝你好运,奥帕莉娜"标语。他看着地板躲避费里斯的目光,太阳穴在跳动。制冰机在嗡嗡作响,掉下来一大堆冰块。我们走向墙角的一张桌子,费里斯拿着菜单一瘸一拐地朝我们走来。他那西瓜似的大肚子耷拉在皮带上,两粒纽扣之间的缝隙里露出一块汗毛浓密的皮肤。

不一会儿,平常习惯于在这里吃午饭的人们开始拥进咖啡馆——戴着高帽子、穿着盛装马甲的圣地兄弟会成员,领着儿子的农场主,还有鹿茸镇唯一一位房地产女老板伊尔林。没错,她那辆大众汽车上就是这么写的——伊尔林·卡特,房地产女老板。就好像在我们这个麻雀大的镇上,大家还不知道她是谁似的。如果伊尔林把她那个圆锥形发型放下来,大概身高只有四英尺。今天,虽然别了那么多发夹,喷了那么多发胶,她的圆锥形发型还是像比萨斜塔一样歪着。

"你好,奥托。奥帕莉娜怎么样了?"

"很好。"

"我想这次可是她大显身手的好机会,是不是?她真是一个勇敢的女人,跑到了纳什维尔那么远的地方,而且是独自一个人。你也够勇敢的,居然就让她去了。"说完,她扬起眉毛,等待着爸爸的回应。

可是爸爸什么也没说。咖啡馆里一片寂静,只有自动电唱机里传出的音乐声。现在又换了一张唱片——埃尔维斯在唱《崎岖的十字路口》。伊尔林略微有点儿尴尬地扭动身子,掸去袖口上并不存在的线头。

梅耶女士和法官一起走进了咖啡馆。尽管法官已经退休多年,但大伙儿仍然习惯这么称呼他。他跟梅耶女士一样,又瘦又高,但他比她整整年长十岁。法官那一头浓密的白发全部梳向脑后,没有分缝。他的两腮凹陷进去,在高高的颧骨下面形成两个"峡谷"。

梅耶女士挑了我们前面的那张桌子。"坐这儿吧,哥哥。"她像平常一样,戴着草帽,穿着尖头鞋。

法官在椅子里坐下,开始摆弄他的金怀表。梅耶女士朝爸爸点点头。

"奥托!"她打了个招呼,说,"这个夏天剩下来的日子里,如果托比愿意来我们的院子干活儿,我和哥哥会非常感激的。我们会付给他公道的价钱。"

我不明白她为什么不直接问我,我明明就坐在这里呀。

爸爸看着我,扬起了眉毛:"托比?"

"好的,女士。我很愿意。"比给梅耶女士的院子干活儿更糟糕的事情多着呢——比如照顾蚯蚓。再说,我还可以自由支配这笔外快。

卡尔的脸红得像他的头发一样。他用一根吸管敲打着玻璃杯,用舌头在脸颊上顶起一个包。我这才想到,前两个夏天是比利在梅耶女士的院子里干活儿的,在那之前是威尼。我想,卡尔大概以为这个夏天自然而然会轮到他了。

"星期五行不行?"梅耶女士问。

"好的,女士。"

"上菜了!"伊玛隔着窗子大喊。费里斯走过去端盘子。

外面,我看见威利把高尔夫车停在了广场对面,就在那棵大榆树的树荫下。在我的记忆中,一到暑假他每天都把车停在那里。这会儿,威利正挣扎着爬出车子,打开轮椅坐进去。他那花白的头发在脸前飘拂。好像驼背还不够他受的一样,威利又患上了肺气肿。但是威利并没有因此灰心丧气。他操控着那辆带马达的轮椅在车子旁边活动自如。

我闻到了新鲜的咖啡香味儿,于是转头去看,以为会看见妈妈往伊尔林的杯里倒咖啡。妈妈虽然身材娇小,但她的影响力无疑是巨大的。如果她比赛赢了,能够签约刻唱片,我想我和爸爸就要离开这个小镇,搬到纳什维尔去了。爸爸会从友好卡车出租公司租来那辆最长的拖车,把他的蚯蚓都装进去,然后驶向幸福大道。奇怪的是,每次我试着想象我和爸爸去纳什维尔的情景,爸爸的样子都很模糊,就像一张没有曝光好的照片。

虽然菜单上的内容我早就烂熟于心，我还是一个字一个字地看了一遍，尽量让自己不去想那边拖车里的扎卡里，不去想保利去了哪里。

费里斯回来给我们点菜，卡尔问："喂，那个搞演出的家伙有消息吗？"

"连根毛都没见到。"

"真是太奇怪了。"伊尔林听见我们的对话，插嘴道。

"你说他上哪儿去了呢？"我问。

"托拜厄斯。"爸爸叫了我的全名，而且用的是"别管闲事"的口气。他叫我的时候在研究菜单，并没有抬头。

"不知道。"费里斯说，"我也搞不清。"

伊尔林抬起目光。"不管怎么样，肯定不是什么好事。"她猛地把椅子从桌旁挪开，发出刺耳的声音，"我猜莱维长官会来调查此事。"

梅耶女士把一块咸饼干放下，气冲冲地看着伊尔林："一个外地人在鹿茸镇刚待了五分钟，大家就开始怀疑他是个连环杀手。能这样吗，哥哥？"

法官没有回答。他正看向我这边，黑黑的小眼睛像是要把我看穿似的。

"反正，"伊尔林边说边走出了门，"正派人家是不会让孩子接连好几天都无人看管的。"她又扭头看着梅耶女士，"是不是？"

梅耶女士没有理睬伊尔林，只是拿起饼干咬了一口。她夸张地咀嚼着，下颌有规律地上下运动。

费里斯轻声笑了起来："如果奥帕莉娜在，肯定会把这

47

事儿编成一首歌,歌名大概就叫《扎卡里之歌》。"

大伙儿都笑了起来,只有爸爸没笑。他从菜单上抬头看了费里斯一眼:"我要一碗西红柿汤。"

回家前,我们从威利那儿买了一份冰激凌。威利已经好几年不说话了,我想是因为肺气肿。他的车子故意设计得很矮,好让他能够到制冰机和糖浆瓶。每个星期二,送冰人都会把威利的冰送到拉玛保龄球馆。费里斯让威利把冰存在他的大冰柜里,因为威利在汽车旅馆租的房间太简陋,没有地方存冰。

那些彩色的瓶子在阳光下闪闪发亮。葡萄、柠檬、橘子、西瓜、草莓、泡泡糖,看上去都很诱人,但我和卡尔照旧只要了一份巴哈马大娘口味的冰激凌。用吸管吮吸着杯底甜甜的红色果汁时,我忍不住想起了威尼。卡尔肯定也是,因为他刚要咬第一口,突然说:"我今天收到了威尼的一封信。"

"你哥哥怎么样了,卡尔?"爸爸问。

"挺好的。他特别想家。"

"那是肯定的。真希望他早点儿回来。"几年前,威尼帮爸爸在后院给那些蚯蚓搭了个棚子。爸爸跟他说了许多田纳西褐鼻蚯蚓的事,那些事一般人都不会感兴趣。我相信威尼更愿意聊聊棒球、姑娘什么的,而不是蚯蚓。然而威尼一直笑眯眯地点点头,还不时地问爸爸几个问题,就好像他真的感兴趣似的。

爸爸走进了广场对面的保险公司,我和卡尔在这边吃冰激凌。

"喂,看我的。"卡尔说着,拔腿朝拖车走去。

"回来！"我的耳朵里嗡嗡直响。威利看着我们，脸上一片茫然。我扫了一眼保险公司那边。爸爸正背对着拖车的门。

卡尔冲到拖车前，把吃了一半的冰激凌杯放在最上面一级台阶上，敲了敲门，然后冲回我身边。

"卡尔，你疯了吗？"

"他也许渴了。"

我们注视着。什么也没发生。就连风都平静了下来，似乎也在等待着什么。杯子放在最上面一级台阶上，红色的吸管从冰激凌里伸出来。

爸爸回来了："可以走了吗，孩子们？"

我们爬进爸爸的小卡车，打算回家。车刚启动，威利忽然用手指着拖车的方向。一只苍白的手从拖车门里伸出来，一把抓走了杯子。卡尔和我交换了一个眼神，谁也没有说话。

一分钟后我们就到家了。隔壁，凯特坐在她家客货两用车的驾驶座上，正把车停在他们家的信箱前。一见到我们，凯特赶紧摇下车窗，举起一张方方正正的小纸片："我拿到了！我拿到了！"

爸爸朝空中挥挥拳头："太棒了！"

我冲她竖起大拇指，就连卡尔也大声喊道："好棒！我们去兜风吧。"

凯特笑眯眯地摆摆手，摇上车窗，开始倒车。她一边微笑、挥手，一边把信箱给撞倒了。信哗啦一下全倒在柏油路上。

爸爸朝凯特冲去。卡尔耸耸肩膀，摇了摇头："现在我知道那些撞坏的垃圾桶可以做什么用了。"

"做什么用？"我问。

"给镇上每个人做一顶头盔。凯特开车上路时，我们都用得着。"

第六章

在拉玛保龄球馆的屋顶上,我们能把整个鹿茸镇尽收眼底。我们能看见小镇郊外的棉花田和奶牛场。我们能看见几百辆小汽车和卡车在公路上呼啸着驶过,开往别处的什么地方。我们还能看见天空——一望无际、无边无垠的天空。但是今天,我和卡尔的眼睛只盯着一样东西——我们刚才放在扎卡里拖车台阶上的那个食品袋。我们肚皮朝下趴在屋顶上,等待着。

保利离开已经三天了,我们猜扎卡里那样的大胖子肯定没有东西吃了。我从爸爸的菜园里摘了西红柿、菜豆和洋葱,卡尔带来了杯形蛋糕、薯条和热狗。

今天是我走到扎卡里门口去的。我放下袋子,敲了敲门,然后跑过马路,顺着金属梯子爬到保龄球馆的屋顶上。

我们注视着拖车的门,同时也注视着来来往往的人和车辆。我们看见伊尔林开着她的大众汽车去了镇政府,马尔科姆和他的小弟弟梅森进了挤奶姑娘店,梅耶女士戴着她那顶宽檐草帽走向图书馆。

"为了保护处女肌肤。"我模仿梅耶女士的尖嗓门调侃道。

卡尔大笑起来。"她可不光肌肤是处女……"卡尔用手捂住胸口,"梅耶女士有一个惨痛的过去。"

"怎么回事?"我问。

"轧棉厂的那个家伙说,梅耶女士年轻的时候,跟威奇托福尔斯市的一个律师订过婚。她的几个姐姐都结婚搬走了。家里只剩下她和法官了。婚礼前两天的一个夜晚,法官假装病得快要死了,于是梅耶女士推迟了婚礼。可是后来律师跟梅耶女士一刀两断了。他说梅耶女士已经结婚了。"

"这话是什么意思?"

"他指的是法官。轧棉厂的那个家伙说,梅耶女士所有的心思都在法官身上,心里没有地方装得下一个真正的丈夫。律师跟梅耶女士分手后,法官就奇迹般地康复了。梅耶女士唯一的爱情机会就这样失去了。"卡尔说着,做了个拉小提琴的动作,似乎在为这份爱情而伤感。

我不喜欢把梅耶女士和爱情放在同一句话里。大概因为在爱情道路上,我的运气跟她一样糟。"威尼有信来吗?"我转移了话题。

卡尔坐起来:"差点儿忘了。我又收到一封信。"他从短裤口袋里掏出那封信,大声读道,

亲爱的卡尔:

希望你收到这封信的时候正在度过愉快的一周,正在

拥有一个最最快乐的暑假。你们开过'瓢虫舞会'了吗?

我们这星期的食物供应有点儿短缺,最近没有多少吃的。妈妈寄来的那些巧克力真是及时雨。不过情况还不算糟糕。从明天开始,我们要在西贡自由活动两天,我要想办法去吃一顿豪华大餐。然后,队伍就要开拔了,我应该能看到许多战斗。还记得你、比利和我在后院里玩打仗游戏吗?估计现在我要看到真实场面了。别为我担心,毕竟我练习了那么多次扔水球。

妈妈怎么样?我猜她的玫瑰花今年肯定开得特别漂亮。我猜爸爸还是那样拼命干活儿。好了,总算有一件事是我不想念的——在炎炎烈日下锄杂草。

卡尔,我希望有时能收到你的信。我猜你就像我当年一样,想在开学前让暑假的每一分钟都玩得开心。你和托比为我祝福吧,好吗?

你的哥哥

威尼

"你给他回信了吗?"我问。

卡尔挠了挠脖子后面:"没呢。"

我移开目光:"你应该给他写信。"

"喂,伙计,拜托,我今天刚收到信。而且,凯特每天都给他写信。我都不知道她有什么可写的。她是世界上最乏味的丑八怪了。"

时间一分一秒过得真慢。被汗水湿透的衬衫紧紧贴在我们的后背上,汗味儿把下面大垃圾桶里的苍蝇都招来了。卡尔突然说："扎卡里可能死了。"

"天哪,卡尔!"

"可是,他没有来开门呀。"

"也许我们应该再去敲敲门。"

然而,没等我们动身,拖车的窗帘就被撩开了一英寸。

我们没有动弹,也没有说话,甚至屏住了呼吸。片刻之后,门打开了一道缝,虽然什么也看不见,但我们知道扎卡里正在往外瞧。过了一会儿,门突然全打开了,这下我们看见了扎卡里的全身。只见他弯下腰捡起了食品袋。他的块头真大啊。他光着胸脯,大肚腩在裤子上方汹涌蠕动。他的胳膊像一卷卷的面团,胀鼓鼓的光脚在宽松的裤腿下探头探脑。他挣扎着站稳,扶住门框保持平衡。当他站直时,我们看到他的胸脯像女人的一样。虽然保龄球馆的空调在嗡嗡作响,但我们仍能听见他关门前大喘气的声音。

"哇!"卡尔说,"这家伙真是庞然大物。他可以戴一个比平胸凯特更大杯的胸罩。"

我真想知道长这么胖是什么感觉。我九岁或者十岁的时候,有一次,妈妈听说锅柄地带会有一股寒流来袭。当时外面气温是十摄氏度,她却非要我穿上一件厚厚的羊毛衫,外加一件沉重的冬大衣。结果寒流根本没来,我在层层叠叠的衣服下面大汗淋漓,觉得自己像个巨大的雪人。不知道扎卡里是不是每分每秒都是那种感觉。

食物送达,任务完成,我们决定回家。

"你先走吧。"我对卡尔说,"爸爸叫我去华拜超市买点儿牛奶和面包。"

卡尔朝梯子走去,下到第二级时就跳了下去,然后纵身跃上他的自行车,走了。我下到梯子底部,发现卡尔把威尼的信掉在了地上。这时卡尔已经一路骑过了广场,我把信塞进了自己的口袋。以后我会还给他的,但此时此刻,这封信暂时归我了。

第七章

保利离开小镇已经四天了。今天,我和卡尔又在扎卡里的台阶上放了一袋食物。我们已经来了一个小时了,他还没有开门。我们等啊等啊。我不知道我们是想看到他拿走食物呢,还是想再看他一眼。

至少我们今天做了一些准备:每人带了一块甜爹棒棒糖、大块的硬糖和M&M巧克力。虽然我们的牙齿被焦糖弄得黏糊糊的,但仍兴致勃勃地谈论着保利。我们甚至编造了他的身世——在哪里出生,最后怎么沦为一个草台班子的班主。我们先把保利说成是一个抢银行的,在用扎卡里来转移警察的视线。后来我们说他是在躲一个高利贷债主。最后,我们断定他绑架了扎卡里,又或者他在为一张账单而躲着牙科整形医生。

就在我们等待的时候,马尔科姆的小弟弟梅森和另外四个三年级的小胖墩儿,手里拿着棍子出现了。梅森跟愣头愣脑的马尔科姆不一样。他真的很厉害,是那群小霸王的头儿。这会儿,每个小孩把住拖车的一边,开始用棍子抽打拖车。在抽打声中,梅森喊道:"喂,大胖子!把脸露出来!"

我怒火中烧。我记得像这样的孩子也曾打过我,就仗着他们人多势众。当时我不愿意向大人告状,我知道爸爸不赞成我那么做,但我也没办法还手。但是今天可不一样。今天我是战士,为扎卡里而战的战士。

我和卡尔迅速合计了一下,然后顺着梯子爬下去,从费里斯放在后院的石堆里抓了一些石头。石头不大,但从屋顶上扔出去也能砸痛那帮小坏蛋的胳膊、后背和屁股。我们把衬衫当篮子,兜着石头回到屋顶上。

我和卡尔并肩站着,双腿像照相机的三脚架一样叉开,胳膊摆好了投掷的姿势。"预备——"

"瞄准。"我对准了梅森的屁股。

"开火。"我的石头划破空气,不偏不倚地正中目标。

梅森立刻用双手捂住他的肥屁股。"哎哟!"他抬头,一只手搭在眼睛上面,朝屋顶上看过来。

卡尔砸中了西蒙的大腿,西蒙捂住腿,放声大哭。卡尔在原地跳着脚叫道:"小猪猡、小猪猡,哭哭啼啼回家啰!"

我又扔了一块石头,这次瞄准的是詹姆斯的胳膊。可惜没有砸中。接着,我听见了玻璃碎裂的声音。拖车的一个玻璃窗被我砸碎了。那群小孩子立刻作鸟兽散。

"快跑!"卡尔大喊一声。我俩撒腿就跑,把自行车留在了梯子旁边。

今天是星期四,我一醒过来就听见收音机里的主持人在大喊："还有一天就是星期五啦！"

有两件事情沉甸甸地压在我心头——扎卡里的窗户玻璃被我砸碎了，妈妈今晚要参加比赛。纳什维尔的时间比我们早一个小时，但妈妈可能在睡懒觉。我想象着她躺在一间黑乎乎的旅馆房间里，眼睛蒙着眼罩，手上套着爸爸的旧袜子——为了锁住雅芳护手霜。她的头发里堆满了空橘子汁罐头——她的自制卷发器。妈妈说，这是做漂亮发型最好的办法。要我说，这是让自己头疼的最好的办法。

鹿茸镇夏天的夜晚一般都很凉爽，我们睡觉时都开着窗户，并且一直开到第二天中午。但是今天早晨，天气热得空调已经在全速运转了，所以我起床后就把窗户关上了。就在我准备插上插销的时候，突然看见莱维长官的汽车停在我家大门口。莱维长官下车，朝我们家走来。公爵从车窗里伸出脑袋，舌头耷拉到了嘴巴外面。

我的胃里一阵翻腾。扎卡里肯定告发了我们。他也许看见我们逃跑了。或者是那个爱管闲事的伊尔林告的密，她从公司的窗户里看见了那一幕。只需坐在办公桌旁，她就能把拖车那儿的情况看得清清楚楚。我本来以为房地产公司里的工作是接电话、带人去看房子，可是伊尔林好像什么闲事都干，就是不干正事。有一次，我从伊尔林办公室窗前经过，看见她把脚跷在办公桌上，在给脚趾抹指甲油，她每根脚趾头之间都塞着个棉球。

爸爸在起居室里喊道："托比！"

我紧张得只觉一阵眩晕，赶紧胡乱套上一条短裤，跑下楼去。莱维长官双臂交叉抱在胸前，除了右眼还像平时一样抽搐,他的脸上毫无表情。他脱掉帽子,用手指梳理着波浪形状的头发。

我看了看爸爸的脸,什么也没看出来,只是发现他的胡子还没有刮。"托比,莱维长官有事情要问你。"

莱维长官果然听说了。也许我应该坦白交待。可是那样卡尔就要倒霉了,我可不是马尔科姆那样的告密者。

莱维长官清了清喉咙,右眼睛抽搐得像疯了一样:"托比,我想请你帮一个忙。"

我感觉胃里像有一团岩浆,慢慢浮上了嗓子眼儿。

"托比,你和卡尔能陪我去那个展览演出的拖车一趟吗?"

我不知道该说什么。我的膝盖在发抖。莱维长官的眼睛在抽搐。

"托比,"爸爸说,"长官在问你话呢。"

"什么?"

"我需要弄清那个搞演出的保利有什么计划,但扎卡里还只是个孩子,我不想让他感到害怕什么的。在自家门口看见地方长官可能挺吓人的。你明白我的意思吗?"

他继续解释道:"你们俩跟他差不多大,也许能让他放松一点儿,敞开心扉,告诉我保利的下落。挤奶姑娘店已经够有耐心的了,一直让他们把拖车停在那里。那个搞演出的家伙走之前付了点儿水电费,说自己过几天就回来。

"昨天费里斯收到了那个家伙寄来的一个信封,里面是给那个男孩的几顿饭钱。邮戳是旧金山的,但没有回信地址。现在,挤奶姑娘店里的人想知道究竟是怎么回事。这

59

也不能怪他们。所以，嗯，我有责任搞清楚。一个陌生人得有充分的理由才能待在鹿茸镇。"

莱维长官没有提到那块打碎的窗玻璃。我要是把他直接带到扎卡里那里，就等于给自己的电刑挑选电椅。扎卡里可能会一口咬定是我们打坏了玻璃，因为他几天前曾发现我们从窗户上往里偷偷看他。

"托比，"爸爸说，扬起了眉毛，"长官在等你回答呢。"

我别无选择。"好的，先生。好的。我马上就可以走了。"

公爵大大咧咧地横躺在莱维长官汽车的前座，我和卡尔坐在后座上。我手里提着一个袋子，里面是爸爸让我带给扎卡里的灯笼椒和绿洋葱。卡尔的样子就好像我们要去迪斯尼乐园上实践课一样。我却觉得仿佛是去参加葬礼——我的葬礼。汽车在拖车前面停下时，我仔细看了一眼。我们的自行车还靠在拉玛保龄球馆的墙上呢。

莱维长官停好汽车，卡尔一溜烟蹿了出去。我在后面磨磨蹭蹭地跟着。走上拖车台阶，莱维长官看了看被砸碎的窗户。它现在已经被几个华拜超市的购物袋挡住了。莱维长官把帽子拉歪了一点儿："这是怎么回事？"

莱维长官敲了敲门，我们一起等着扎卡里来开门。可是里面没有动静。太好了，也许我们可以走了。莱维长官继续敲门，并且大声喊道："比弗先生，我是鹿茸镇的莱维长官。我需要占用你一分钟时间。"

门慢慢地打开了几英寸，扎卡里露出一只眼睛往外瞧了瞧。他呼哧呼哧地喘着气，脸上淌着汗水，好像刚跑完八百米。

莱维长官清了清喉咙:"比弗先生,很抱歉吵醒了你,但我需要问你几个问题。我还带来了我的两个小朋友。这是托比和卡尔。"

扎卡里的眼睛眯了起来。他想起来了!我屏住呼吸,等着他的手指向我指过来。但他只是点点头,说:"见过。"

"我们可以进来吗?"莱维长官问。

扎卡里把门打开,我们走了进去。柠檬水的气味使我想起了扎卡里第一天来这里的情景。他穿着一件红色的长睡衣,就像我在电影《圣诞前夜》里看到的那种。扎卡里的右脚跟松松地包着纱布。马尔科姆穿十二号鞋,扎卡里的脚看上去还要大得多。扎卡里摇摇晃晃地在房间里走动,每走一步地板都吱吱嘎嘎地响。然后他一屁股坐在那张双人沙发上,把两个坐垫都盖住了。他没有请我们坐下,其实这里也没有地方可坐。那些玻璃挡板靠在墙上,像中国的屏风一样折叠了起来。我看见拖车的另一头挂着布帘子,不知道后面是不是卫生间。

莱维长官靠在一段空出来的墙上。卡尔东张西望,打量着这里的一切,我看得出,他的手指痒痒的,想摸点儿什么。我闭着嘴巴深呼吸,努力做出一副平静的样子。我一只手里提着那袋蔬菜,另一只手不知放在哪儿合适,最后索性让它垂在身侧了。

莱维长官扫了一眼四周:"你这小地方倒挺不错的。需要的东西差不多都有。"

"没错。"扎卡里说。

莱维长官走到钉着购物袋的窗户前:"不过你的窗户好像出了点儿问题。知道是怎么回事吗?"

我屏住呼吸,盯着地板,等着"斧头"落下。

扎卡里看着我们,打了个哈欠,双手交叉放在脑后:"可能是一些小孩子干的。"

"好吧,我抽空带人过来帮你修好。"

我的心跳慢了下来,呼吸也恢复了正常。原来扎卡里并不知道我们是罪魁祸首。

"托比和卡尔应该跟你差不多大。"莱维长官说,"你们这两个孩子多大了?"

"十三。"我们异口同声地说。

"我十五。"扎卡里说。听口气,似乎他认为十五岁跟三十岁一样老。

"真的吗?"莱维长官说。

扎卡里只是盯着他看,并不作声。

莱维长官抱起双臂,清了清喉咙:"比弗先生,听口音,你好像不是得克萨斯人。"

"我来自纽约,纽约城,听说过吗?"

莱维长官咧嘴一笑:"比弗先生,你挺有幽默感的嘛,是不是?"说着,他低头看向扎卡里的脚。这么一看,他的笑容消失,皱起了眉头:"你的脚怎么啦?"

扎卡里用左脚盖住了受伤的右脚:"没关系。我只是踩到了一块碎玻璃。"

莱维长官像鞋店售货员一样跪在扎卡里面前:"你最好让我看看。"

"没关系。"扎卡里没好气地说。

莱维长官站起来,退后一步:"好吧,但我相信诊所的医生肯定愿意给你看看的。"

扎卡里凶巴巴地瞪着眼睛。

莱维长官清了清喉咙:"另外一个是哪儿的人?就是跟你一起旅行的那个同伴。"

"保利?他来自泽西州。"

"他目前在泽西州?"

"不是。"

"那他在哪儿,孩子?"

"他想另外再找一个节目,加到我们的演出里,但我不知道他现在在哪里。"

扎卡里朝卡尔皱起眉头。卡尔打开了扎卡里那个金色盒子的盖儿。

"放下。那是我妈妈给我的。"

卡尔从盒子里拿出一本黑色的书:"只是一本《圣经》。"

"什么叫'只是一本《圣经》'?这是我妈妈在我受洗的时候送给我的。"

卡尔翻了翻前面几页。

"卡尔,把这孩子的《圣经》放下。"莱维长官用温和的嗓音说。卡尔合上《圣经》,把它放回盒子里。

我不知道莱维为什么当地方长官。他的性情太温和了。看到他右眼不停地抽搐,接二连三地清喉咙,我就知道他心里是不愿意问下面这些问题的。

"你的父母在哪里?"莱维长官问。

63

"罗斯蒙公墓。"

"怎么回事?"

"死了。"

莱维长官清清喉咙,眼睛抽搐得好像眼珠快要掉出来了一样:"真是抱歉,孩子。有时候生活是很残酷的。"

"我不是你的孩子。"扎卡里说。

莱维长官咽了口唾沫:"对,当然不是。对不起。我不是故意要惹你生气,你的法定监护人是谁?"

"保利是我的监护人。"

莱维长官做了个鬼脸,声音变得严肃了:"明白了。好吧,比佛先生,我真不愿意告诉你这一点,但如果兰金先生一星期之内不回来,我就必须采取一些措施了。其实我现在就应该行动的。这里不是露营场所,司法部门会把你看成一个无人监管的、被遗弃的未成年人。"

"保利会回来的。他每次都会回来的。"

"你怎么知道?"长官问。

"我是他的黄油和面包。"

莱维长官怜悯地看着扎卡里。我猜,莱维长官也许在考虑把扎卡里带回家,就像他收养一只流浪狗那样。"你的食物供应怎么样?"

"很好。你也看见了,我并没有挨饿。"

莱维长官转身离开:"好吧,你们这些孩子留下来互相认识认识。也许可以邀请扎卡里跟你们一起玩耍。"我试着想象扎卡里骑自行车或爬到拉玛保龄球馆的屋顶上的情景,然而,结局很可能是自行车轮胎被压扁,通向屋顶的楼梯被踩断。

莱维长官的手放在门把手上："比弗先生,祝你在鹿茸镇过得愉快。但我希望你的朋友能在下星期结束前回来。我真的希望他能回来。还有一点,可能会有一位医生来给你看看那只脚。"

莱维长官离开了,扎卡里对着关上的车门傻笑："哎哟,他吓得我浑身发抖。"

我真想告诉他,他已经够幸运的了,至少莱维长官没有把他一把扔回纽约。但我没说话,只是把那袋灯笼椒和绿洋葱递给扎卡里："我给你带来一些蔬菜。是在我爸爸的菜园里摘的。"

"冰箱在你后面。"扎卡里说。在鹿茸镇,命令别人做这做那,而且连一声谢谢都不说,是被认为很不礼貌的,但我想起他的父母都死了,便没跟他计较。我如果是个孤儿,恐怕也不会懂礼貌。

我原以为冰箱是空的,没想到里面其实塞满了食物。在鸡蛋、奶酪和牛奶中间,是一份拉玛保龄球馆的烤肉,以及一份用塑料纸包着的乐乐鸡大杂烩。费里斯肯定来看过扎卡里了。鹿茸镇上只有一个人会做乐乐鸡大杂烩——梅耶女士。就在我自认为对乏味的鹿茸镇无所不知的时候,镇上发生了一些新奇的事情,让我大感意外。

扎卡里打了个特别响的喷嚏,震得车顶好像都要塌了。"这里灰尘积得真快。"他说。

"是风。"我解释道,"一直在刮风。"

扎卡里指着天窗,说:"你能擦擦那里的灰吗?我捡碎玻璃时把腰扭了。"

"没问题。"卡尔答应道,因为只有他能够到天窗。一秒钟后,扎卡里又让我打扫茶几。他指手画脚,脾气很坏,如果不是已经有了思想准备,我肯定会非常讨厌扎卡里。但考虑到是我砸碎了玻璃,替他掸掸灰是我起码应该做的。

卡尔给矮书架掸灰的时候,想偷偷看一眼唱片集。"那个我够得到。"扎卡里毫不客气地阻止了他。

卡尔耸耸肩,把抹布留在了架子上。"嘿,这真好看。"他抓起了一本名为《滑稽表演》的书。

"那是保利的。"扎卡里怒气冲冲地吼道,"放回去!"

卡尔慢慢地把书放回书架:"里面有你吗?"

"没有。"

"里面有谁?"

"一堆老节目。大多数人都死了或退休了。但总有一天我会被写进一本书里。"

"怎么会呢?"我问,心里想着我和卡尔在图书馆里的发现。

"总有一天,我和保利都会被写进一本书里,因为我们会经营有史以来最大的演出公司。"

我勉强笑了笑:"你是指最小的吧。只有你这一个节目。"

"很快就不是了。"扎卡里说。也许保利真的在兜揽更多的演出业务,也许他在寻找一个双头人或乌龟人。

"平常谁替你打扫卫生呢?"我问。

"保利。你们这些牛仔在这里一般玩些什么?"

"我们不是牛仔。"我没好气地说。我不知道自己为什么要帮助这个自命不凡的家伙。

"这里不是得克萨斯吗？不是有水牛漫步，鹿和羚羊嬉戏吗？"

我扔下抹布："并不是得克萨斯的每个人都有一片牧场。"

"那你父母是做什么的？"

卡尔扑通坐在地板上："我爸爸种棉花。托比的爸爸是邮差，他还养蚯蚓。"

我的耳朵在发烧。

扎卡里大笑起来："蚯蚓？"

"是啊，蚯蚓。"我说，"那跟乘着拖车到处走，收钱让人来看自己可不是一码事。"

我以为扎卡里会反唇相讥，但他只是摸了摸下巴："蚯蚓有什么用呢？"

我张开嘴，把爸爸说的那些让我厌烦透顶的蚯蚓知识从头到尾学了一遍："佛罗里达州用蚯蚓来瓦解垃圾山。蚯蚓松过的泥土可以成为地球上最肥沃的肥料。卡尔的妈妈用这种肥料来种玫瑰花，种出了鹿茸镇，不，全得克萨斯州最好的花。还有——"

"大多数人用蚯蚓来钓鱼。"卡尔说。我真想打烂他的嘴。我知道我在拼命把爸爸说成像美国总统那样重要的大人物。

"有些法国人吃蚯蚓。"扎卡里说。

"这我知道。"我说，实际上我从没听说过比这更荒唐的事。

"你喜欢打罐头吗？"卡尔问。

"打罐头？这就是你们在这儿玩的东西？"

"那你玩什么呢，除了看电视和看书？"我问他。

扎卡里得意地笑笑："这里倒没什么可玩的。但我做过许多事情。"

"比如呢？"我问。从他跟我对视的样子看，他知道我在质疑他。

"比如坐电梯上到埃菲尔铁塔的顶上，穿越伦敦桥，从西雅图太空针塔的顶部眺望风景。"

我们离开时，扎卡里又说："噢，别忘了你们的自行车。你们昨天把它们留在保龄球馆旁边了。"

来到拖车外面，我问卡尔，扎卡里为什么没有告发我们。

"没准儿他自己也有一些秘密。"

"什么意思？"我问。

"嗯，比如——保利。我认为扎卡里知道保利在做什么。而且我们已经知道他可能并不是世界上最胖的男孩。还有那本《圣经》。他说是他受洗的时候他妈妈送的。"

"那又怎么样？"

"《圣经》是伊奥拉送给他的，我猜那就是他妈妈。上面写着这个名字，可是受洗信息却是空白的。如果你受洗的时候得到一本《圣经》，你不会首先把受洗信息写上去吗？这说不通啊。"

破天荒第一次，我觉得卡尔说得有道理。

第八章

"她没有赢。"爸爸是在吃饭时说这句话的,那口气就像在叫我把盐递给他。

我有些为妈妈感到失望,因为我知道她多么想赢,但同时我又暗暗松了口气:"那她明天就要回家了?"

爸爸把他盘子里的豌豆拌进土豆泥里。他现在已经能把蔬菜做得很好了,但土豆泥还是疙疙瘩瘩的。而且,当然啦,没有调味汁。

"她还要在那里待一阵。"

"什么意思?既然输了,还待在那里做什么?"

"她得了第二名,好像观众里有个热心的经纪人打算给她出一张唱片。"

突然之间,我盘子里的东西看着都不对劲儿了。"那要多长时间?"

爸爸终于肯抬头看着我了:"那些事可能要花很长时间,托比。"

"多长时间?"

他直视着我的眼睛:"那种事有时候会不了了之。"

"可是,妈妈不该永远待在那里。她到底要待多久?"我差不多是在嚷嚷了。

"托比,这个问题我也没法回答。我把她的电话号码给你,你可以自己去问她。"

"好吧。把号码给我,我给她打电话。"

爸爸摇摇头,站起身,走进了厨房。他走路时牙关紧咬,肩膀僵硬。这使我想起了自己已忘记,或者说刻意忽略掉的某件事情。是吵架,他们最后一次吵架。就是在这个房间里。在这张桌子旁。当时爸爸站起身,怒气冲冲地离开了,妈妈继续对着墙壁喊叫。我紧紧闭上眼睛,想把这一幕从记忆中抹去,但它在我脑海里一次次重放。最奇怪的是,我竟然想不起他们吵架的内容是什么了。

爸爸站在我面前,手里拿着一张纸条。

我接过纸条,把椅子往后一推,离开餐桌,跑上了楼。我抓起客厅免提电话的话筒,进了我的房间,四肢摊开躺在床上。我开始拨号,没拨完就又停下了。我不想跟妈妈说话。她不会在外面待很长时间的。不会的。不管怎么说,她没有带走她的旧吉他和珍珠项链。如果她不打算回来,肯定会把这两样都带走的。

妈妈要是真的签下出唱片的合同,肯定很快就会派人来接我。我们会乘着她的宣传大客车在全国各地跑,车身上写着"奥帕莉娜"和"戴尔塔男孩"——或其他支持她的乐队的名字。我会为她数钱。我会当她的经纪人。我会成为乡村音乐史上——也许是整个音乐史上——最年轻的经纪人。"戴尔塔男孩"会管我叫得州人。我闭上眼睛,想象自己正注视着那辆大客车在40号州际公路行驶。客车开往各个小镇,那里的人们纷纷涌进音乐场馆听妈妈演唱。随着幻想中的我们经过一个又一个广告牌,我的呼吸慢慢平稳下来。

我醒来时,床头柜上的钟显示是十点十分。一时之间,我反应不过来现在是当天夜里还是第二天上午。窗外,星星在夜空里眨着眼睛。我睡了三个小时。白天穿的那条裤子搭在椅子上,威尼给卡尔的那封信从屁股后面的口袋里露了出来。我今天忘记把它还给卡尔了,他也没有提丢信的事。傻头傻脑的卡尔可能根本不知道他把信给弄丢了。

我下床,抽出那封信,读了一遍又一遍。然后,我从去年的数学作业本上撕下一张纸,开始给威尼写信。我跟他说了我和卡尔做的许多事情。我还告诉他凯特拿到了驾照;他妈妈的玫瑰花长得怎样;还有扎卡里来到镇上的事。我告诉他,瓢虫还没有到,我们在威利的摊子上吃巴哈马大娘口味蛋筒冰激凌的时候,很想念他。除了这些,我还说了很多其他事情。最后,我的落款是:你忠实的弟弟,卡尔。

几分钟过去了,我听见爸爸在下面的客厅里打呼噜。我拎起鞋子,轻手轻脚地下楼,避免楼梯发出吱嘎声。到了外面,我跨上自行车,骑到邮局门口的信箱,把信寄走。然后我接着朝湖边骑去。天气凉爽,微风吹拂着脸庞,我感觉很舒服。我张开嘴,希望能吸进足够多的空气,好让自己像个热气球一样升向空中,远远离开这个讨厌的小镇。

到了湖畔,我跳下自行车,跑到水边,摊开手脚躺在草地上,仰望着无数颗星星和那轮满月。月亮让我想起了我五六岁的时候,晚上睡不着觉,妈妈会悄悄来到我的床上,陪我躺着,用手电筒照着漆黑的天花板。

"看见月亮了吗?"她指着那一轮完美的"圆月亮"说,"我们让它跳舞吧。"然后,她移动手电筒,让我们的"月亮"在天花板上快步小跑、跳华尔兹。我们哈哈大笑。她一直让那个"月亮"跳舞,直至我眼皮耷拉下来,进入梦乡。当然啦,那都是哄小孩子的把戏。最近这些日子,我哄自己睡觉的办法是,想象着斯佳丽在她家门廊上一前一后地荡秋千。

音乐轻柔地响着,我以为是从远处某座房子里传来的,可是声音越来越近。詹姆斯·泰勒在唱《你有一个朋友》。

"你还好吗?"斯佳丽站在我身前,手里拿着一台晶体管收音机。我看着她涂成红色的脚趾甲,猜想她涂指甲油的时候,是不是也在每根脚趾头之间塞棉球?

大多数男人都会一跃而起,但我只是像个呆瓜一样躺在那里,尖声尖气地说:"挺好的。"我也不明白怎么回事,这个女孩总会让我的嗓音高出两个八度。

"真的吗?"我躺在地上,看见她穿着用长裤剪成的白色短裤。她的两条腿长得不可思议。现在应该站起来了,但我还是没动,像具死尸似的四仰八叉地躺在地上。"是啊,有点儿累。上班真辛苦。"我的耳朵在发烧。韦氏大词典里有那么多词汇,我却偏偏挑了这些。

最后我坐了起来。"你经常上这儿来吗?"我问。每一秒钟,我都越来越像终极傻瓜,但她似乎没有注意到。

"不太经常。只有当我跟人分手的时候才来。"

"你跟胡安分手了?"我想让自己的口气别那么激动,但嗓音还是尖声尖气的。如果我保持平静,就能控制好自己的声音,可是现在保持平静太难了。

"是啊,好像是这么回事。"她嘴里咬着一缕长发,声音有些颤抖。她离我只有几英寸。我真想伸出手去把她揽进怀里,告诉她一切都会好的。我想梳理她的头发,摩挲她的脖子,亲吻她的脚趾。然而,我什么都没做,只是抱住了自己的膝盖。

"为什么分手?"

"他放了我鸽子。他说好要陪我去阿马里洛给我的曾祖父过生日的。我们要办一个超级豪华大派对,他快八十岁了。"

"天哪,真够老的。"

斯佳丽在我身边坐下。一阵幸福的战栗掠过我的全身。"两个月来,胡安一直说他要去。可到了最后一分钟,他忽然变卦了,而且也没给我一个靠谱的理由。"

"真是混蛋。"我瓮声瓮气地说。

"你感冒了吗?"她问。

我没回答,只是朝水面扔了一块石头。幸亏天已经黑了,我觉得脸上热辣辣的。

我为自己的所思所想感到羞愧,但我知道,只要能牵到斯佳丽的手,我就如同进了天堂。

我们默默地坐着,一起听着她收音机里的音乐。

"我喜欢这首歌。"她说着,把音量调高了。是卡朋特兄妹的《靠近你》。我和着歌曲的节拍点着头,暗自希望自己有足够的勇气请她跳舞。如果我会跳,也许真的就发出邀请了。

"你愿意跟我跳舞吗?"她问。

"好啊。"我站了起来,双脚牢牢地钉在地上,手臂贴在身体两侧。

她咯咯地笑了:"如果你搂住我可能会好一些。"

我嗓子里哽着的一大块东西滑了下去。我搂住她的肩膀,后悔自己没有选弗莱德·阿斯泰尔的课,或去上一个舞蹈班。有一次,妈妈想在厨房里教我跳二步舞,但我是个完全不开窍的傻瓜。

斯佳丽把我的胳膊往下挪,一直挪到她的腰部。她的双手在我的脖子后面相握,然后开始慢慢地绕圈移动脚步。我跟着她移动。

即使光脚站着,她也比我高几英寸。我的额头几乎碰到了她的下巴,感觉痒酥酥的。她的皮肤像细粉一样光滑。我想闻一闻她的体香,却突然意识到了自己的汗味儿。如果知道今晚有机会跟斯佳丽一起在高西摩湖边跳舞,我说什么也要喷点儿止汗剂。我要把整整一瓶止汗剂都喷在身上。因为我只要一看见斯佳丽就会出汗。现在跟她挨得这么近,我简直汗出如浆了。

"真好。"她说。她说话的声音那么甜美,使我一下子又呼吸自如了。那一刻,我真的好喜欢跟她一起和着那首歌跳舞。见鬼,其实那首歌唱的就是我们啊:为什么每次你走过,星星都从天空坠落?它们就像我一样,也想靠近你身边。

"哎哟!"她松开我,往后一跳。

"我踩到你的脚了?"

"没有。"她拍打着自己的胳膊,"是蚊子!他们什么时候才会在鹿茸镇喷点儿驱蚊虫的药呢?"

突然,我感觉到蚊子在咬我的耳朵、我的脸,以及我露在外面的每一寸皮肤。

"我还是走吧。"她说,"谢谢你陪我跳舞,托比。你太棒了!"她探过身,吻了一下我的面颊,然后拎起收音机,匆匆离开了。

我太棒了。我,托比,太棒了。是斯佳丽说的,还附送了一个吻!也许她说的是"太晚了"?不,她说的是"太棒了"。我骑车回家,面颊上带着斯佳丽的吻,心里想,威尼是对的,鹿茸镇确实是地球上最好的地方。

第九章

我决定早点儿去梅耶女士家的院子里割草,因为最近中午的气温高达三十二摄氏度。我计划好了,下午我要去霸占斯佳丽的秋千左边的位置。

新沏的咖啡香味儿飘进了我的卧室。我往楼下走去,吃惊地看见爸爸穿着T恤和条纹睡裤坐在厨房的桌旁。平常这个时候,他早就换上工作服了。他的头发乱糟糟地支棱着,模样像个疯狂的科学家。他的眼睛下面有半月形的阴影,似乎通宵都没有睡觉。

"早上好。"他一边说,一边褪下报纸上的橡皮筋。

"早上好。"我回应着,拖拖拉拉地走进厨房。

这是我正式工作——一份跟蚯蚓无关的工作——的第一天。我认为应该来点儿开工仪式。于是,我用妈妈那个大老开剧院的杯子倒了杯咖啡。突然,我愣住了,一下子明白了爸爸为什么看上去衣冠不整。跟斯佳丽一起跳舞把我的脑袋弄得晕晕乎乎的,竟然忘记了妈妈的事——此刻才重新想起来。

我在桌旁坐下。爸爸的嘴角挤出一个淡淡的笑容："你什么时候开始喝咖啡了？"

我耸了耸肩膀，有点儿不好意思地说："不知道。今天早晨吧。"

他拿起糖罐："来点儿糖？"

"不用了。"我说。

他注视着，等着我喝咖啡。我一直没喝，后来他低头去看报纸了。我趁机把杯子举起来，猛地喝了一大口。真烫啊！

爸爸从报纸上方看了我一眼，笑起来。接着他清清喉咙，皱起眉头，继续看他的报纸，似乎没有注意到我被烫到了。过了一会儿，他说："帮我个忙。把后门廊上那桶土壤拿去送给麦克奈特夫人，还有，把台子上的那袋西红柿也拿给她。"

爸爸肯定心情特别糟糕。他愿意交谈的人没有几个，麦克奈特夫人就是其中之一。麦克奈特夫人愿意听他谈论蚯蚓适合的最佳温度，而他也愿意了解玫瑰花的各类不同品种。

在卡尔家的后院，麦克奈特夫人正往晾衣绳上挂内衣。妈妈说，麦克奈特先生挺小气的，竟然连一台烘干机也不愿买。除了威尼，麦克奈特家的每一位成员都在那根绳子上得到了体现。卡尔的鲜果牌小内裤，比利的大内裤，麦克奈特先生的拳击短裤。旁边挂着粉红色圆点花纹和素蓝色的女式短裤。麦克奈特夫人从塑料洗衣篮里抓起一个红色胸罩,夹在晾衣绳上。我正在猜想那胸罩是她的还是凯特的,麦克奈特夫人从拳击短裤旁边探出脑袋,把我的样子看在了眼里。我羞愧得全身一阵燥热。

她笑眯眯地说:"哦,托比,我没看见你站在那里。"

我想说话,可是话都像棉球一样粘在我的嗓子眼儿里,嘴里只是发出奇怪的声音:"呃——嗯——嗯——"

她低头看了一眼我提着的那桶土。"你爸爸送给我一些特别棒的土壤?"我觉得真滑稽,喜欢种东西的人竟然管泥巴叫土壤。

"呃,是啊。是的,夫人。"

她走到我面前,把桶接了过去:"谢谢。我过后会把桶还给你们。"

我又把袋子递给她,她接过去:"这些也是给我的?"

她放下桶,看着袋子里面。她长长地吸了口气,笑了:"啊,新鲜的西红柿。多好的邻居啊。替我谢谢你爸爸。"她走了几步,又停住了,"天哪,我差点儿忘了。你妈妈昨天晚上唱得怎么样?"

我还没准备好说这件事。如果要说实话,就必须承认我不知道妈妈什么时候回来。

"大老开剧院着火了,他们推迟了比赛。"

"哦,上帝啊。有人受伤吗?"

"噢,没有,只是本来要举行比赛的那部分着火了。"

她露出了抬头纹:"啊,啊,我明白了。"

"新的比赛日程还没定。妈妈要在那里待到比赛结束。"

麦克奈特夫人的微笑让我的心缩成一团。

"好吧,你跟她通电话的时候,替我祝她好运。"

我朝自家车库走去,不明白自己为什么要对麦克奈特夫人说谎。她是我认识的最善良的人,可我在她面前说谎话张嘴就来,就像我对数学老师谎称忘记带家庭作业一样。只是,这次的谎话让我感觉更糟糕。

梅耶女士的家在杨树街上,从我们这条街拐过去就是。所以我不用推着割草机走很远。梅耶女士家的房子是鹿茸镇上最气派的。绿色的房子高高地耸立在两棵巨大的杨柳树后面。我和卡尔每年万圣节出去要糖都先去她家。梅耶女士每年都把自己打扮成格林达,就是《绿野仙踪》里的那个好女巫,待在前门廊上给我们发一条条的糖块。她戴着卷曲的黄色假发和莱茵石的头饰,那张皱巴巴的脸看上去很恐怖。不过,为了换到一块杏仁的快乐糖,我们看一看她的模样,忍受一下她模仿格林达的说话腔调还是值得的。

今天,梅耶女士在门口跟我打招呼,叫我先在起居室里和法官一起等一会儿,她去写任务清单。但愿清单不长,我下午还有在斯佳丽家的"宏伟计划"呢。

法官坐在那里,摆弄着他的怀表。梅耶女士离开屋子前说:"哥哥,你还记得奥帕莉娜的儿子,托拜厄斯·威尔逊吗?托比,我很快就回来。"

法官抬起头,使劲盯着我看。他的脑袋歪向一边,一道口水从嘴角挂了下来。

起居室里的东西不是绿色的就是金色的。去年,梅耶女士从阿马里洛雇了一位设计师,把房子整个儿装修了一遍。图德尔小姐来串门时,梅耶女士正好把设计师的账单放在外面了。一万美元。鹿茸镇的人们对此议论纷纷,一直议论到圣诞节。过节前,梅耶女士跟图德尔小姐开展了户外装饰比赛。她们用了很多户外彩灯,害得整个小镇断电一天。

长沙发旁的一张橡木圆桌上,许多镶在银框里的黑白老照片挤在一起。其中一张上是两个年龄跟我相仿的男孩,穿着老式的棒球服。另一张上是个漂亮的小姑娘,长长的黑色卷发上戴着一个蝴蝶结。我猜他们都是梅耶女士家的亲戚,而且是相貌比较好看的那一边的。

我正在仔细打量照片,法官说话了:"年轻人。"

我转过头。法官眯起眼睛看着我:"我希望这是最后一次在这个法庭上看见你。"

我看了一眼四周,意识到他的确是在对我说话:"法官,我想——"

他朝我摇晃着手指,那道口水拖得更长了,都挂到了下巴底下:"别说话,孩子,我在下判决。我对这些废话已经厌烦了。你必须去坐牢,不能只付个罚款了事。"

前门就在我身后六英尺的地方,我真想赶紧逃离这个发疯的老头儿,可是我现在有女朋友了,今天我必须挣到钱,光靠爸爸给的零花钱是不够开销的。

法官站起来,身体重重地压在拐棍上:"年轻人,你明白我的话吗?"

他一点一点地朝我逼近。我朝门厅退去,把脑袋从墙角探出去:"喂,梅耶女士?"

她回来了,这是我有生以来第一次很高兴看到梅耶女士。她看见法官跟我脸对着脸,并没有表现出慌乱的样子。她从口袋里抽出一张柔软的纸巾,替他擦去了口水。

"哥哥,这是托比,是我们刚请来的干活儿的男孩。还记得今年初夏,我们请来的麦克奈特家那个漂亮的男孩比利吗?我知道你肯定记得在那之前的威尼。"

她转向我说:"哥哥特别喜欢威尼。可是那个最小的男孩就不行了。去年,有一次,他临时替比利来割草。我的天哪,你大概从没见过那么乱的场面——东一片西一片高高的野草,花圃里的杂草也没除干净。"她直咂舌头,"我们可受不了那个。"

我为卡尔感到难过。也许卡尔知道梅耶女士今年夏天不请他来干活儿的原因。

梅耶女士把清单递给我,上面标着二十三项任务。我不知道还能不能赶在太阳落山前去看斯佳丽。

"来吧。"梅耶女士匆匆挥了挥手,说。她那双海军蓝色的尖头皮鞋啪啪地敲击着木地板。

我跟着她走进后院。放眼眺望,草坪一眼看不到头,我发现,梅耶女士家不仅有全镇最豪华的大宅子,还有最大的草坪。晨光洒在后面的栅栏上。一条小石子路蜿蜒通向一座白色的凉亭。凉亭很大,足以容纳一整支高中乐队。两棵苹果树被沉甸甸的果实压弯了腰,树下落了许多苹果。我看了一眼清单:

1. 捡起地上的苹果。

梅耶女士给我指了指那些需要除草的花圃:"听着,如

81

果你拿不准是不是杂草,就喊我一声。宁愿仔细一点儿,免得做错了后悔。我在暗房里。"她走了,把我一个人留在院子里。

我捡起的每一个绿苹果上都有一个虫眼。我真是永远摆脱不了跟虫子打交道的命运。地上腐烂的苹果发出一股酸味儿,使我恶心得想吐。肥嘟嘟的虫子啃着果肉,就像一支军队在爬绿色的山峰。

2.从东往西给草坪割草。

院子简直一眼望不到边。从东往西,从西往东。割草机隆隆作响,碎草呼呼地从机器里喷出来。空气里充满了刚割的青草的芳香。活儿干到一半的时候,我发现只要能自己设计好线路,割草并没那么乏味。我画了一个圆,一个方块,然后是一个三角。这没什么难的,于是我继续画出更加复杂的图案。我沿着栅栏走锯齿形,写了几个花体字母。我开始拼写斯佳丽。我看见梅耶女士在从窗口往外看,对我皱起了眉头。我赶紧停下来,字母S只写了一半。我开始老老实实地从东往西,从西往东修剪草坪。

快要修剪完草坪时,梅耶女士出来了,手里端着银色的托盘,上面放着一大玻璃罐冰茶,几块柠檬滴面甜饼,还有一些颤颤悠悠的果冻般的黄绿色东西。她这是打算开一场茶话会呢。

莱维长官跟在她身后,脑袋和肩膀都耷拉着,活像一个被逼着去教堂的孩子。我一看见他就想起了扎卡里,如果保利不回来,不知道莱维长官会怎么做。

"我认为你这会儿应该休息一下。"梅耶女士对我说。

她的发髻松了,散出来的灰色发丝在脸庞周围浮动,"莱维长官来得正好。"

莱维长官穿着条纹短裤和黄色的针织衬衫,那顶幸运垂钓帽子上装饰着钓具。"嗯,实际上,梅耶女士,我是来找托比问点儿事情的。"我敢打赌他是想要蚯蚓。

梅耶女士好像听不见他说话,只管顺着小石子路往前走:"我们去凉亭里坐吧,那里有阴凉。"

她在白色的摇椅上坐下,示意我和长官坐在藤桌旁的椅子里。我一屁股坐进一张椅子,莱维长官却一直站着。他看了一眼手表,右眼抽搐着:"梅耶女士,我这样闯来实在是太冒昧了。我真的只是想要一些——"

"别说傻话了!"梅耶女士说,"快坐下吧!"

"蚯蚓。"他说完,半边屁股挨到了椅子上。

"天气太热了,吃不了热东西,所以我做了酸橙火鸡果冻沙拉。"她切了一片颤颤悠悠的果冻,放在瓷盘子里递给我。看见悬浮在果冻里的火鸡肉块,我感到有点儿反胃。我瞄了一眼莱维长官,从他打量果冻时眼睛抽搐的样子,我就知道他的感觉跟我一样。

我浑身是汗,但不敢确定梅耶女士会同意我用她漂亮的餐巾擦额头上的汗。我不知道该拿那块餐巾怎么办,就盯着莱维长官看,但他似乎也一筹莫展。于是我等着梅耶女士提供线索。只见她把自己的餐巾抖开,优雅地铺在大腿上。我和莱维长官便照葫芦画瓢。只是我在抖开餐巾时,餐巾的一角落在了那罐冰茶里。我赶紧抢救,不料却打翻了我的那杯冰块。

"哎呀,哎呀,托比。"梅耶女士说,"坐下别动。我给你重拿一杯。"我想叫她别麻烦了。满头大汗的我身上脏兮兮的,脏冰块不会把我怎么样的。实际上,不管什么冰块听上去都很美妙,可是梅耶女士麻利地拿走杯子,闪身进了房门。

莱维长官把身体靠在桌上,迅速耳语道:"托比,我能自己拿几条蚯蚓吗?我正要去我那个秘密钓鱼洞呢。"

"没问题,长官,尽管拿吧。"

"我会把钱放在那个铁皮罐里的。"

"没问题。"

爸爸在架子上放了一个空咖啡罐。我们不在的时候,大家可以拿走自己需要的蚯蚓,把钱留在罐子里就行。可是莱维长官每次都要先找到我们,打过招呼后再去拿蚯蚓。

梅耶女士端着我那杯冰块回来了,于是我赶紧问道:"长官,如果保利没有回来,扎卡里会怎么样?"

莱维长官把帽子往后推了推:"那我就必须通知阿马里洛的福利机构了。"

"那是什么意思?"

莱维长官抬起眉毛,想让眼睛停止抽搐。他脱掉帽子,用手帕擦了擦脑门儿上的汗:"他可能会被送进一个寄养家庭或儿童之家什么的。"

"哦。"我移开了目光。几只白蛾子忽忽地飞过,翅膀在微风里扑闪。我虽然不喜欢扎卡里,但一想到他要跟陌生人一起住在某个收容所里,心里仍感到不是滋味。

梅耶女士把新换的那杯冰块递给我:"给你,托比。"

莱维长官三下五除二地把沙拉划拉到嘴里，用冰茶冲了下去。他扬起脑袋，把剩下的茶一饮而尽，他的喉结上下运动着。然后，他站起来大声说："梅耶女士，我真不愿意刚吃完就跑，可是我想起公爵还在车里等我呢。"他抓起两个柠檬滴面甜饼，推了推帽子，不等梅耶女士提出反对，就走出了凉亭。

四个小时后，我把割下来的碎草装进袋子，又掉了第二十三项任务。花圃铲除了杂草，并修饰一新。我感到很得意。我跟卡尔不一样——我独自完成了任务。还记得我和卡尔五六岁的时候，我们拧开花园的水管，在烂泥浆里把身上弄得一塌糊涂。威尼接走卡尔，用水管把他从头到脚冲洗干净，才带他进了家门。我则自己把自己洗干净——我没有大哥哥的呵护。

梅耶女士在付我工钱之前，先检查了一下院子。她走遍花圃的每个角落，目光掠过每一片草叶。她看见地上有一个苹果，走过去捡了起来。可能是一秒钟前刚掉下来的。

她把钱递给我，用严厉的声音说："还不错，但下次要注意割草的方向。如果不按从东往西的方式割草，会把草叶给弄乱的。你下星期还能来吗？"

我的胳膊因为推割草机而酸痛，后背因为弯腰捡苹果而僵硬，双手因为拔草而起了水泡。可我张了张嘴，说："好的，女士。"

梅耶女士叫我到房子里待一会儿，我看见法官没在里面等着把我投进监狱，心里松了口气。厨房里飘出一股诱人的香味儿。电视开着,傍晚新闻正在报道来自越南丛林的消息。不知道威尼是否就在那附近。

梅耶女士看着电视,摇了摇头:"哦,真是一团糟!真希望你永远不要看见战争,托比!我们可怜的威尼。我每天晚上祈祷时都会把他加上。"她抬头看着我,仿佛突然想到了分配给我的另一份任务清单,"托比,我差点儿忘了你妈妈的事。她发挥得怎么样?"

我一点儿都没有迟疑地说:"举行比赛的地方着火了,所以他们——"

她的眉毛一下子竖了起来:"大老开剧院被烧掉了?"

"哦,火势很小,但他们推迟了比赛。妈妈在等他们重新确定日程呢。"我正在变成一个老练的说谎狂。

梅耶女士神色平静下来,皱起了眉头。我打量着铺在木地板上的地毯。"真的吗?"她问。"你等等,我马上回来。"说着,她走进厨房。我怀疑她是要给爸爸打电话求证我有没有说实话。可是片刻之后,她端了一个盖着锡箔纸的盘子回来了:"你能不能把这块德国巧克力蛋糕带去送给比佛先生?他提到过喜欢吃巧克力。"

我带着盘子离开了,心里盘算着怎么才能一边端着盘子一边推割草机,并且不把盘子打翻。我还盘算着,在去看斯佳丽的计划迅速沉入地平线下面之前,还剩多少天光。我决定一洗完澡就去找斯佳丽。扎卡里可以等一等再吃蛋糕。

走到梅耶女士家前门廊的台阶底部时,我听见吱嘎一声。

"站住,年轻人。"

我赶紧转过身。只见法官坐在门廊上的一张摇椅里,探身向前,朝我摇晃着拐棍:"记住我说的话了吗,嗯?"

第十章

我累得骨头都散了架。五点钟左右一回到家,我就立刻去冲澡。妈妈以前总是唠叨我有的地方没洗干净,比如胳膊肘和脖子后面。今天不会了。当我冲完澡出来时,每一寸皮肤都被我擦得生疼。

我用一条毛巾裹住身子,凑在镜子前面打量上嘴唇,只有细细的小茸毛。我不知道胡子是不是像青春痘一样,某一天一觉醒来便满脸都是。我喷了一点儿爸爸的皇家哥本哈根须后润肤露。而且,今天我用了止汗剂。

离开前,我用磁铁在冰箱上贴了张小纸条,告诉爸爸我回来吃晚饭。然后,我就出发去斯佳丽家了。

斯佳丽家那条街上的住户看上去都差不多——房子很小,每家一个车库,彼此相连的栅栏里围着小小的院子。可是其中一家的门廊上有个木头秋千,左边的位置现在是留给我的。

到了斯佳丽家,我把那块德国巧克力蛋糕藏在灌木丛和栅栏之间。梅耶女士用锡箔纸把它盖得好好的,在我把它拿给扎卡里之前,应该不会出问题。

斯佳丽跟我想象中的一模一样。她正坐在门廊里,两条长腿从秋千上伸出来,膝头放着一本杂志。她看得很专心,没有看见我。

就在我走进大门之前,塔拉和另外三个小屁孩儿排着队从我身边走过,脑袋上倒扣着塑料花盆。塔拉是这支队伍的小头目,衬衫上别着差不多七条假日圣经学校的丝带,湿塌塌的头发粘在她被太阳晒得黝黑的脸蛋儿上。

她走到我身边时,说:"我们在游行,我是市长。他们是新地兄弟会的。"这孩子真是越来越古怪了。

"你是说'圣地兄弟会'吧。"我说。

"我就是这么说的。新地兄弟会。"

我不理睬这个淘气包,慢慢地朝斯佳丽走去。我没理由表现出急切的样子,会破坏形象的。斯佳丽翻看着杂志,嚼着口香糖。一直到我踏上了门廊,她才注意到我。她抬起头笑了,抹了唇彩的嘴唇闪闪发亮:"嗨,你好吗?"

呼的一声巨响,我身体里的氧气都跑光了:"挺好。"

我想起要重新呼吸,不料瞬间吸进了太多的空气,弄得自己被呛到,连连咳嗽起来。我用手捂住嘴,拼命做着吞咽动作,可是没用。

"你没事吧?"她问,"需要喝杯水吗?"

我举起手,挣扎着说了句:"我没事。"真希望我能重新来过——重新打开大门,轻松自如地朝门廊走去,也许还能在她说"嗨"的时候潇洒地扬一扬眉毛。

可是斯佳丽似乎并不介意。她的目光在杂志上掠过,叹了口气:"知道吗?杂志后面有一个很大的世界。"

"嗯?你是说在广告里?"

"是啊。你没有想过要得到杂志后面的东西吗?"

"对了,我一直想订购超人漫画杂志里的那些海猴玩具。可是我爸爸说那是把钱打水漂。"

她笑出了声:"海猴?"

我感到自己脸红了。我决定不提阿特拉斯的健身课程了。

"我指的是这种类型的广告。"她指着达拉斯一所模特学校的广告说,旁边的一则广告是关于如何成为空姐的。风把她的头发吹到了她脸上,有几缕发丝被唇彩粘住了。她把双脚荡到门廊的地面上,身子往左挪了挪,把右边的位置空出来给我。不是胡安坐过的左边,但我想这其实没什么关系。

我在她身边坐下,跟她隔着一英尺的距离,大口大口地做着深呼吸。她的头发香喷喷的,就像花儿一样。

我想抓住斯佳丽的手,可是手心全是汗。我应该在手上也抹一些止汗剂的。我将来要发明一种手部止汗剂,推销给像我这样想要摆脱汗手的男人们。

"这是你的理想吗?"我问,"当一个模特?"

"也许吧,如果我能把它们整好。"她说着敲了敲自己的两个门牙。

"你的牙齿怎么啦?"我知道她说的是那个牙缝,但我喜欢她的牙缝。

她叹了口气:"哦,托比。当一个模特必须十全十美。

没有这个牙缝会更漂亮。看见了吗?"她微微一笑,用口香糖堵住了那个牙缝。

我耸了耸肩。

"或者当一个空姐,那仅次于当一个模特。在世界各地飞来飞去,多有意思啊。"

我参加奶奶的葬礼时坐过一次飞机。空姐供应饮料,发花生米,问我们是不是有垃圾。一个小男孩吐在了其中一个空姐身上。但我决定不跟斯佳丽提这些事情。

她把一绺头发塞到耳朵后面。"当然啦,要当一名国际航班的空姐,我还要会说一种语言。"她说国际航班空姐的语气,就好像那工作像美国大使一样气派,"胡安以前教我学西班牙语的……"她凝视着院子。

我去年应该听爸爸的话,去报名学西班牙语,而不是去学手工。爸爸告诉我,学会一门外语是很有用的。我刚想往斯佳丽身边凑,她却站了起来,把双臂举过头顶:"我要去做晚饭了。妈妈马上就下班回家了。如果你愿意,也可以进来。"

如果我愿意?我当然愿意。我跟着她进了门,里面黑乎乎的,像阁楼一样散发着霉味儿。破旧的家具上扔着衣服,地上散落着玩具。斯佳丽在一堆杂乱物品中穿行,快步走进厨房。我的脚趾踢到了一个巨大的洋娃娃,它的头发东一撮西一撮地被揪掉了。

斯佳丽给锅里灌满水:"托比,你能把我的收音机拿来吗?在我的房间里。"

我东张西望着寻找房间门。

"顺着门厅往前走,右边第一扇门。"

房间里,两张没有收拾整齐的单人床上铺着配套的印花床单,但似乎地板中间画着一道看不见的界线。界线的一边是各种各样的动物玩具和缺胳膊少腿的洋娃娃。我敢说,塔拉正往女子监狱的道路上越滑越远。

房间另一边的墙上,密密麻麻地贴满了鲍比·谢尔曼[①]的海报。我记得自己在斯佳丽床头的那只签名狗上签过名字。那是在放假前的最后一天。我应该写一些与众不同的话,比如"平心静气"之类的,可我写的是"下学期再见。托比"。

我走到她的梳妆台前,拿起一瓶古龙香水——风之歌。我的手在发抖,但还是打开盖子闻了闻。香味很淡,于是我喷了一点儿在手上,凑近了嗅嗅。

"哟!"塔拉站在门口,头上的花盆已经不见了,"斯佳丽,托比在喷你的香水!"

我放下瓶子,抓起梳妆台上的收音机走了出来。我的脸在发烧,知道香味一定会出卖我。

斯佳丽把面团扔进水里,我在牛仔裤上使劲擦着那只手。

塔拉双手叉腰,说:"托比喷了你的香水。"

我一边摇头,一边语速很快地说:"我拿收音机的时候把瓶子打翻了。盖子掉下来,我把它盖了回去。"

"才不是呢!"塔拉说,"你喷了一些香水!"

"哦,塔拉。"斯佳丽说,"一边儿玩去吧。"

---

① 鲍比·谢尔曼(Bobby Sherman)生于1943年,美国著名摇滚歌星。

电话铃响了,斯佳丽冲过去,没等第一声响完就拿起了话筒。毫无疑问,这姑娘接过不少电话。

"你想干吗?"她对着话筒说。"是胡安。"她用嘴形向我示意。

塔拉拽着我的衬衫:"我还要看他。"

我没有理睬塔拉。我拼命想听清斯佳丽说的每一个字,同时做出一副不感兴趣的样子。我注视着锅里的水在渐渐沸腾。

斯佳丽叹了口气:"我不想跟你说话。"她的口气很冷淡,几乎有点儿刻薄。但是我却在想:好啊,太棒了,她不想跟你说话。

塔拉又在拽我的衬衫:"我想看他!"

"我有伴儿了。"斯佳丽告诉胡安。

我心想:没错儿,胡安,去舔你自己的伤口吧。她有新的男朋友了。

"谁?"斯佳丽朝我看了一眼。

我咽了口唾沫。

"托比。"

她干吗非得这么说呀?我的心像篮球一样跳个不停。我仿佛看见人高马大的胡安正拿着他的五号球棒站在我面前。我真应该去上阿特拉斯的健身课。

"别再打电话来了。"斯佳丽挂断了电话。她咬着下嘴唇,眼里噙满了泪水。

"怎么了?"我问,伸手去拉她的胳膊。

可是斯佳丽躲开了。她摇摇头,在抽屉里翻找了一会

93

儿,拿出一个开罐器:"没什么。"

没关系。我早就知道了。通过那句话,那句她从五年级起就密密麻麻地写在笔记本上的话——斯佳丽爱胡安。

塔拉在跺脚:"我还想看那个大胖子!"

"塔拉,不许嚷嚷!"斯佳丽喝道。她叹了口气,嗓音变得柔和了许多:"托比,你生气了吗?"

"没有。"我言不由衷地说,"一点儿也没有。"

我把心爱的女孩留在厨房里为另一个男人感伤憔悴,自己却领着她的疯狂小妹去看扎卡里。失败就是我名字的组成部分。

第十一章

那盘德国巧克力蛋糕上盖的锡箔纸不见了,苍蝇绕着蛋糕表层的糖霜嗡嗡飞舞。我到处寻找锡箔纸,以为可能是一阵风把它刮跑了。塔拉的手腕上有什么东西在闪闪发亮——一个用锡箔纸做的手镯。她发现我在看她,赶紧把手臂藏到了身后。

我气坏了:"你拿走了锡箔纸!"

"我们需要亮晶晶的。新地应该是亮晶晶的。"

说什么也没有用了。我拿起蛋糕,检查有没有损坏,发现除了那些苍蝇,一切看上去还不错。苍蝇落在甜蜜蜜的糖霜上,搓着腿庆祝好运气。我把它们都赶跑了。

"你竟然没把蛋糕吃掉,这让我很意外。"

塔拉皱起眉头,双手叉腰。她的指甲上残留着一些指甲油,颜色跟斯佳丽脚趾甲上的红色一样。

"我妈妈说了,偷吃东西是不好的!"

卡尔的自行车停在扎卡里的拖车前。我起初纳闷他来这里为什么没有告诉我,后来忽然想起了那封给威尼的回信,心里感到一阵别扭。敲门前,我转身告诉塔拉:"你不能待太久。只能待一分钟。不,只有一秒钟。"

是卡尔开的门。"你去哪儿了?我经过你家打算叫上你,可是你不在。"他拽拽塔拉的一根辫子,"喂,小丫头!"

塔拉一句话也没说。她只是一动不动地站在门里,嘴巴张得老大,眼睛睁得溜圆,死死地盯着扎卡里。

扎卡里也盯着她,然后大口吸气,把腮帮子弄得鼓了起来。

塔拉尖叫一声,从我身边挤过去,冲出门外。"他要爆炸了!大胖子要爆炸了!"她一路尖叫着跑过停车场,跑过广场上威利的冰激凌摊子。在她拐过拉玛保龄球馆跑回家去以后,我们仍然能听到她的叫声。我想跟扎卡里握手,感谢他打发走了那个小鬼,但我只是笑了起来。卡尔也笑了。这一次,就连扎卡里也露出了微笑。

最后我们平静下来,沉默了很长时间,只有风在拖车外面号叫。卡尔懒洋洋地躺在地上,手掌托着下巴。

扎卡里抽动鼻子:"我闻到了什么味儿?"

我把盘子递过去:"梅耶女士的德国巧克力蛋糕。她叫我给你送来的。"

"不是那个。是香水。"

我的脸腾地红了。我曾经离胜利只有一步之遥!

"没什么。"

"你的气味儿像个法国妓女。"

"你到底想不想吃蛋糕?"

"好吧,切开吧,牛仔。"扎卡里说。

"是啊,牛仔。"卡尔傻笑着说,"快给我们上美食。"

我朝卡尔皱起眉头。

扎卡里告诉我刀子和盘子放在什么地方。一分钟后,我就像牛栏边的饲养员一样开始分蛋糕。我把蛋糕放在盘子里时,注意到窗户换了块新的玻璃。

"谁修好的?"

"长官。"扎卡里说,"真是个怪人。他的眼睛老是那样吗?"

"一直那样。"卡尔说。

我低头看看扎卡里的脚。松松散散的纱布已经换掉了,脚被包扎得严严实实的。我猜莱维长官已经说到做到,派医生来看过了。

扎卡里盯着我递给他的那片蛋糕,脸皱了起来:"什么?没有叉子?"我倒是很愿意用手抓着吃,但还是拖着疲惫的脚步走到厨房抽屉前,给扎卡里和卡尔找叉子。扎卡里接过叉子,又说:"餐巾在水池上面。"

当我转身把叉子和餐巾递给卡尔时,他舔着自己的手指,大声说:"我吃完了。"果然,盘子里一点儿蛋糕屑也不剩。

我不喜欢梅耶女士做的颤悠悠的漂亮沙拉,但是她做的蛋糕比鹿茸镇任何人做的都好吃。我最喜欢那层厚厚的糖霜,里面还混着一粒粒细小的山核桃肉。

我用手指捏着蛋糕往嘴里送,扎卡里气冲冲地吼道:"你们这些人真是猪!"

"是啊。"卡尔说着,打了一个饱嗝。

扎卡里提出想再吃一片,我说:"自己拿吧。我又不是你妈。"说完,我想起自己正是让他行动不便的罪魁祸首。我是个失败者、笨蛋、感觉迟钝的猪猡。

　　"你妈妈是怎么死的?"卡尔问。

　　扎卡里没有理他。他嘴里嘟哝着,从椅子里站起身,摇摇晃晃地走到拖车的另一边。我感觉到地板在颤动,于是暗自祈祷拖车不要翻掉。

　　卡尔等着扎卡里回答,看他不说话,卡尔便跟我说:"我听说了大老开剧院着火的事。"

　　我胃里一阵翻腾。

　　"大老开剧院着火?"扎卡里问,"我在新闻里没看见这个消息呀。"

　　"只是一场小火。"我说。这次连我自己都差不多相信了。可是扎卡里一条眉毛挑起来,用异样的眼光盯着我,我怀疑他知道这事不是真的。

　　卡尔擦去嘴边的蛋糕屑:"你认为你妈妈会什么时候回来?"

　　我耸耸肩,说:"不知道。"

　　扎卡里拿着一块硕大的蛋糕回到椅子里。我猜他心里在想:管他呢!我们都知道,要是扎卡里只吃胡萝卜条,肯定不会这么胖!

　　"你妈妈在哪儿?"

　　"纳什维尔。"

　　"参加唱歌比赛。"卡尔补充道。

　　"她唱什么歌?"扎卡里问,"乡下民歌?"

"是啊。"卡尔说。

我瞪了他一眼:"不是,是乡村音乐。你应该知道的,谭米·温内特。"

扎卡里看上去简直要放声大笑了:"那是她的名字吗?"

"不。我妈妈名叫奥帕莉娜。"

扎卡里讥讽地笑了一声,我真想把那一大块蛋糕塞到他的喉咙里去。

卡尔又摊开四肢躺在地板上,双手垫在脖子后面:"扎卡里,再跟我们说说巴黎的事。"

扎卡里告诉我们他去参观卢浮宫的经历:"那里有三百五十个房间。"

他说起话来简直像一本百科全书。我打了个哈欠,尽量装出无聊的样子。扎卡里懂得真多。

"你怎么上楼梯呢?"我问。

我们四目相对,他说:"我乘电梯。见过电梯吗?"

"电梯没有重量限制吗?"我问。

"真有意思,牛仔。"他把脸转向卡尔。卡尔对他的每句话都听得很仔细。

我感到很不高兴,一肚子怨气。这个时候我应该在斯佳丽家吃通心粉,或至少在吃妈妈做的什么饭菜。然而,我却在一个昏暗、逼仄的拖车里吃德国巧克力蛋糕。

卡尔坐起身,突然没来由地问扎卡里:"你是在法国受洗的吗?"

扎卡里皱起眉头:"你为什么老打听我受洗的事?"

"因为,"卡尔说,"你那本《圣经》上没有牧师给你填

99

写的受洗信息。"

"我没说我受洗过。我说的是我差点儿就受洗了。"

卡尔和我面面相觑。我们记得当时自己听见的是什么。

"怎么会差点儿就受洗了呢？"我问。

扎卡里盯着我看了很长时间,才说:"我烦透了,不想再回答你们这些乡巴佬儿的愚蠢问题。"

我一下子跳了起来,说:"不用烦了。我这就走了。再会。"我出去时把门重重地摔上了。

我走到拉玛保龄球馆时,卡尔追了上来:"你为什么要惹他生气？"

"如果你想黏着他,让他拿你取笑,你就尽管去吧。"

"啊,他其实没有什么恶意。他只是太孤单了。"

"哦,哇,卡尔。这么难的问题你也能搞懂。没错,他独自一人,待在得克萨斯州一个不知名的地方的一个拖车里。"突然,我想起了莱维长官在梅耶女士家说的关于儿童之家的话,不由得感到一阵内疚。

回到家里,一封信放在我的床上。地址是纳什维尔,邮戳是星期二。是妈妈在比赛前写的。我撕开信封。

亲爱的托比:

还有两天就要比赛了,我像一只猫窝里的老鼠一样紧张。可是当我站在大老开剧院的舞台上,聚光灯照在我身上时,我就会轻松自如了。其实,我能做的只是尽量克制自己,不要弯下身去亲吻舞台。想象一下吧,我,奥帕莉娜,站在谭米·温内特、洛雷塔·林恩和康威·忒蒂[1]曾经站过的地方。哎呀！那简直就像站在圣殿里一样啊！

小马驹儿，我想写的话真是难以下笔。我在比赛之前写这封信，是想让你知道，这件事跟我取胜与否没有关系。我和你爸爸最近一直相处得不好。你听见我们吵架了。或者，我猜你已经听见过我大吼大叫，看见过你爸爸怒气冲冲地走开。我想我需要一些时间把事情都想明白。

你可不要责备你自己。你是一个母亲最理想的乖儿子。我没有离开你，小马驹儿。你爸爸那儿有我的电话号码，我离你近在咫尺。想想吧，这句话当歌名很不错呢——《离你的爱咫尺之遥》。我知道你需要一段时间来适应这一切。请不要恨我。不然会把我的心撕成碎片的。很快我就会用新地址给你写信。

永远爱你的
妈妈

我把信撕得稀巴烂，扔出窗外。

---

[1] 这三位都是美国20世纪著名的乡村音乐歌手。

第十二章

这是这个月的第二个星期六,也是蚯蚓日。这一天,我要帮爸爸把蚯蚓装在箱子里,送到湖边那些鱼饵店去。对爸爸来说,又是一个跟蚯蚓打交道的激动人心的日子,而对我来说,这仅仅意味着要在天亮前就起床。

妈妈在家的时候,总会在我们送货的那天摊许多薄煎饼。她说:"你们需要吃一顿结实扛饿的早饭。"听她这么说,似乎给蚯蚓装箱,开车从一家鱼饵店奔到另一家鱼饵店是一桩很累人的体力活儿。妈妈摊的金灿灿的煎饼上滴着枫糖浆,我愿意用任何东西去换这样一摞煎饼。妈妈离开后,我经常从睡梦中饿醒,因为爸爸做的晚餐里蔬菜很多,没有什么肉。这些食物迅速地穿肠而过,十分钟后我就饿了。

楼下黑黢黢的,只有炉子上排风罩的小灯发出的黄光。爸爸站在那里,手里拿着铲子。桌上堆着一摞歪歪斜斜的薄煎饼。

爸爸抬起头,咧着嘴笑道:"我开始摸到门道了。你不用去吃桌上的那些。我会越煎越好的。"

我朝餐具柜走去："我只想吃麦片。"我甚至不用去看,就知道爸爸肯定满脸失望。不知怎的,我意识到自己伤害了他后,反而感到一阵快意。

后来,在餐桌上,爸爸看报纸时,我只把眼皮勉强抬起一点点,以便看清递到嘴边的勺子。我一门心思想着挂在墙上的埃尔维斯挂盘。那是两年前的夏天,我们去孟菲斯度假时,妈妈买回来的。它被挂在北卡罗来纳和佛罗里达这两个挂盘之间。我不知道埃尔维斯跟佛罗里达和北卡罗来纳能扯上什么关系,但妈妈说它使这面墙达到了平衡。

外面,天空还是漆黑一片,空气似乎都是静止的,因为风还没有起来。我听见远处传来火车驶过小镇的呜咽声。棚屋的门缝下面透出灯光,爸爸总是让灯照着那些蚯蚓。如果不开灯,在刮风下雨的时候,蚯蚓就会四散逃开,寻找山丘或别的逃生之所。

架子上排列着一个个盒子,盒子上的标签显示着上次换土的日期。有些盒子上标着"已分类",意思是我们已经把蚯蚓按年龄分了类。短短三个月时间,白色细线般的小蚯蚓就能长成一条四英寸长、带一道白色圆环的大蚯蚓,爸爸认为这真是太神奇了。我则认为,爸爸需要多出去转转,接触一下真实的世界。

爸爸递给我一大摞圆形的纸盒子："今天早晨我们大约需要装一百个盒子。"

我知道程序。在盒子里铺一层苔泥炭,挖出一只蚯蚓。把蚯蚓装进盒子。再铺、再挖、再装,重复十二次。盖上盖子。装下一个盒子。每盒爸爸总是放一打加一——十三只蚯蚓。

我想,对于大多数人来说,在热乎乎的泥土里翻找,感受着几百只蚯蚓贴着皮肤蠕动,肯定是会起鸡皮疙瘩的。我也不是特别喜欢做这件事,但已经习惯了。毕竟,我是托比,是蚯蚓老板的儿子。

爸爸打开了他放在架子顶上的录音机。古典音乐在铁皮墙壁间回荡。妈妈写过一首歌,是关于爸爸一边听贝多芬一边挖蚯蚓的。歌名是《沃尔夫冈[①]在蠕动》。

装盒花了一个小时,我们始终没交谈,只是让钢琴曲来填补这份寂静。也许,如果爸爸做一些更有意思的事情,而不只是养蚯蚓和在邮局上班,妈妈说不定就不会走了。不过,也可能根本不是这么回事儿。从我记事起,妈妈就想当一名歌手。我怀疑,她在我这么大的时候就已经有这个理想了,就像斯佳丽现在想当一名模特或空姐一样。也许,生活在鹿茸镇这样一个乏味的地方,反而使人执著于伟大的梦想,而不是任由它们干瘪枯萎,被风吹走。

最后,我们把纸盒装进卡车,往东开往基泽湖畔的鱼饵店。在小城克劳德,我们拐上了公路,接着上了那条蜿蜒着穿过帕罗多峡谷的道路。峡谷断层开始的地方距克劳德大约一英里。一路上,峡谷突兀地拔地而起,紧接着,过了峡谷,大地又是一马平川。

我们穿过红河的草原犬鼠镇岔路口,但今天除了红泥

[①] 沃尔夫冈是德国人名,因为贝多芬是一位德国作曲家。

巴什么也没有。爸爸摇摇头:"天气这样干旱,不知道农场主和农夫们日子怎么过。"

"卡尔说博基斯先生的棉花田没有收成。"

"养蚯蚓的人倒该庆幸了。"

我不知道爸爸是不是在说笑话,这话听起来很有意思,但他不是那种喜欢开玩笑的人。我看了看他的脸色。他很严肃:"你知道,麦克奈特先生可能对钱抠得很紧,但在收成不景气的时候,这可救了他的农场呢。"

"你为什么要离开达拉斯?"我问爸爸。我以前问他时,他从来不直接回答。在达拉斯,叔叔和姑姑都在爷爷的公司里当律师。他们开好车,住豪宅。

爸爸脸上的皱纹似乎变深了,但他的眼睛直视着前面的道路:"达拉斯没有什么值得我留下来的。"

我以前听过这样的回答,但今天我并不满足:"那你的家庭呢?"

"我的家在这儿。"

"妈妈不在这儿。"

爸爸沉默了片刻,然后问:"你看了她的信?"

喉咙里哽着一个东西,使我说不出话来。车窗外,路边高高的向日葵在向我们招手。妈妈特别喜欢向日葵。她有一次对我说:"我是一个农民的孩子,从小就不觉得它们有多特别。后来,在我跟你爸爸第一次约会时,他站在我门口,一脸傻笑,手里就拿着一罐向日葵种子。"这么多年来,向日葵成了妈妈的最爱。爸爸经常在他们的结婚纪念日送她向日葵,可是现在仔细想来,我都不记得他最后一次送

105

妈妈向日葵是什么时候了。

"我看了那封信。"

我们又沉默了。我不知道从今往后我们的生活是不是就这样了。在我和爸爸之间,沉默形成大片大片的空白,就像道路两边一眼望不到头的苍茫大地。

我决定不让我的问题自生自灭:"那么阿尼叔叔和莫琳姑姑呢?"

"他们怎么了?"

"你从来没想过像他们那样当一名律师吗?"

"没有。"

"你从来没有想过——"

"托比,我喜欢我的生活。你妈妈不喜欢她的生活,所以她离开了这里。等你长大了,你可以决定自己在哪里生活,过什么样的生活。"

我觉得自己被困住了,但又不知道如果离开要去哪里。我不愿意像妈妈那样去纳什维尔,因为那里的每个人可能都想成为一名乡村音乐歌星。我也不愿意在达拉斯生活,因为那里离鹿茸镇不够远,感觉不像真的去了另外的地方。我也不愿意像扎卡里那样坐在拖车里旅行,永远没有一个可以称之为家的地方。我只知道,现在妈妈走了,唯一让我留在鹿茸镇的,是一个虚无缥缈的梦。见鬼,我知道我可能一辈子也不会看见——斯佳丽的笔记本上写满"斯佳丽爱托比"。可是我内心就是有那么一点儿不甘。如果说我还有一个机会能得到她,那就是现在,趁胡安暂时出局的时候。

我们到达码头的时候,太阳渐渐升起来了。小店里,咖啡滴滤的香气里混杂着淡淡的鱼腥味儿。鱼饵店的老板弗莱迪正在把番茄酱的瓶子放在餐饮区的柜台上。像平常一样，一顶黄色的棒球帽罩住他的秃脑袋，一副红色的吊带固定住他的宽松裤。

"托比，你还好吗？"他问，"你看上去好像刚从床上爬起来。喝点儿新煮的咖啡吧，奥托？"

"好主意。"爸爸说，"我们先给你把这些盒子卸下来吧。托比，你愿意喝一杯咖啡吗？"他眨眨眼睛，但我什么也没说。爸爸假装今天早晨一切都跟平时一样，其实不是。

卸完盒子，我看着布告板上那些人和他们钓到的鱼的照片，一口气喝下一瓶可乐。每张照片下面都写着钓到的鱼的重量。

爸爸坐在柜台边，喝一杯咖啡。弗莱迪指着昨天钓到的最大的一条鲈鱼的照片："五磅半。"

"真不赖。"爸爸说。

"真不愿意跟你这样讲，奥托，我们是用那些夜行爬虫钓到它的。"

"真的吗？"

"当然啦。我必须从加拿大订购，所以说不准什么时候才能拿到。它们不如你的那些田纳西褐鼻宝贝儿那么方便。钓到那条鲈鱼的年轻人上个月刚从越南回来。几乎跟谁都不说话。他爸爸说，当他在旧金山降落时，刚走出飞机就被嬉皮士们吐了唾沫。你相信吗？他刚为我们国家效力回来呀。真是太可恶了。"

"战争太可恶了。"爸爸说。

弗莱迪清了清嗓子："是啊,说起来,我也参加过第二次世界大战。那时候,我们回来是被当作英雄的。"

爸爸什么也没说,沉默太令人难受了,我便一直盯着布告板上的那些照片。我心里想着,威尼是个地地道道的英雄,没有人会往他身上吐唾沫的。

过了很长时间,弗莱迪问我："你喜欢钓鱼吗,托比?"

我耸耸肩："还行。"

爸爸把咖啡杯贴近自己的下巴："我认为我儿子对大城市情有独钟呢。"

"没想到你还在城里生活过,托比。"弗莱迪笑道。

我皱起眉头,因为我知道爸爸指的是什么。我不明白为什么只是问了他几个为何离开达拉斯的问题,我就变成了一个城里孩子。

爸爸喝了一口咖啡,说："他似乎认为达拉斯那样的城市里有一些特别的东西。"

我不明白爸爸这样一个凡事都搁在心里的人,怎么会跟弗莱迪说这些话。

"哦,确实如此。"弗莱迪说,"没错,没错,确实如此。大城市有堵车,有雾霾,还有,对了,还有一些超大型的购物中心,能让你把辛辛苦苦挣来的血汗钱花得精光。"

我恼得血液在沸腾。回到卡车里,我一言不发。在开往下一家店铺的路上,我甚至没有提出在有草原犬鼠的岔路口停一停。当爸爸放慢车速,问我想不想看看那些草原犬鼠时,我说："不用了。"

他没说什么,加快了车速。我又补了一句："草原犬鼠没什么可看的。"

他耸耸肩,我又说:"你只要看过一只草原犬鼠,也就看过所有的了。"没有用。爸爸跟我一样擅长"沉默是金"的招数。妈妈这会儿肯定会叽叽喳喳地说个不停,念叨提早开放的向日葵啦,或指给我们看一个不知在什么地方的家族墓地。她总是逼得我们再次开口——只是为了能让她闭嘴。

也许妈妈真的能红,那我就会成为一个著名乡村音乐歌星的孩子。我在纳什维尔会进入一所新的学校,老师们会说:"这就是得州的托比,奥帕莉娜的儿子。不,他没有时间签名。对他要跟对别的孩子一样,一视同仁。"但孩子们不会听的,因为我可是得州的托比,是顶级歌星的独生子。

我会开一辆美洲虎去上学,甚至就把车停在学校大门口。我们家的豪宅就在谭米·温内特家旁边,豪宅的一侧是属于我的。谭米和妈妈会成为最好的朋友。她们会用那些巨大的橘子汁罐头给对方卷头发。说不定我还能跟谭米·温内特的女儿约会呢。那么可怜的斯佳丽呢?可怜、不幸的斯佳丽。她会给我写信,我会向我的私人秘书口述回信,信总是这样结尾:我很难过,鹿茸镇把你逼疯了。也许今年夏天我会派我的豪华轿车去接你。可是——也许不会。

"托比?"爸爸站在卡车边,透过副驾驶的车窗看着我。不知什么时候,我们已经开到湖边,停在了鲍勃鱼饵店的门口。"可以卸货了吗?"

没有什么比蚯蚓更能让人迅速回到现实的了。

第十三章

　　我的台历上七月份的日子被叉掉了一大半。还有二百二十四天威尼就回来了。卡尔没有说起过又收到威尼的来信,因此我估计他还不知道我写了那封信。

　　这天,我和卡尔站在我没叠被子的床上,往墙上的飞镖靶上掷飞镖。保利已经离开八天了,卡尔不停地谈到扎卡里,挖空心思想把他从拖车里弄出来。这会儿,他又想带扎卡里去沙滩露天电影院。

　　我瞄准牛眼①掷过去,没有掷中。"扎卡里死活都不会去的。"

　　"没问题,他会去的。"

　　"卡尔,他不会跟我们一起去露天电影院的。首先,他怎么钻得进小汽车?"

　　"我们开我家的敞篷卡车去。他可以坐在后车厢里。"

　　"那么他怎么坐进卡车的后车厢呢?"

---

① 靶最里面的中心区域,通常是红色的。

"我还没想好。"卡尔从床上跳了下去,"喂,搭一个斜坡怎么样?"

"他太重了。从斜坡走下来肯定会摔跤的。"

卡尔拔出飞镖靶上的飞镖,又捡起掉在梳妆台上的两支。"你在玩这些玩具兵吗?"他拿起一个。

"没有,只是把它们这么摆着。"我从他手里夺过玩具兵,放回梳妆台上。

卡尔耸了耸肩:"我们可以把卡车一直倒到扎卡里的拖车门口。"

"拖车太低了。"我不知道我为什么要谈论这件事。我不想带扎卡里去任何地方。他脾气不好,粗暴无礼,我不喜欢他。我从梳妆台上抓起卡尔掷偏了的一支飞镖,发现妈妈又来了一封信。肯定是爸爸昨晚放在这里的。这次我不想打开了。我不想听她声称自己并没有离开我,其实却生活在几千英里以外的地方。我把注意力集中在飞镖靶上,不再去想妈妈,可是不管用。于是我决定跟卡尔一起想办法把扎卡里弄到卡车上。

"必须想个法子。"卡尔说。

我的飞镖正中靶心。"牛眼!"

我一屁股坐在地板上,用一副对这整个件事很厌倦的语气说:"我们可以给他做几级台阶。我爸爸在房子后面放了些木头,已经存了快一辈子了。"

卡尔咧嘴笑了,举起一只手:"好主意!"

我毫无热情地拍了一下他的手掌:"但即使我们做好了台阶,谁来开车呢?"

卡尔弓着肩膀,唱起了那句歌词——"你让我感觉像个自然的女人"。

"不可能!"

"没有别的选择!"

"不行,卡尔。凯特不行。"

"为什么不行?"

"首先,我还想活着过我的十四岁生日呢。"

"哦,得了吧。她拿到了驾照。只要不用停车入位,她就没问题。"

"算了吧。"

卡尔扑通倒在地板上,像一条挨踢了的可怜的狗。

"好吧。"我说,"可是时间不多了。我们最好现在就开始做台阶。还要去劝说凯特呢。"当然了,我们要劝服的,还有扎卡里。

我们量好卡车后车厢到地面的距离,便拿起爸爸的工具,开始忙活了。普通人不需要很宽的台阶,但我们给扎卡里做了三倍的宽度。可千万别发生什么事故。

干到一半的时候,我问:"你肯定凯特会答应?"

"这又不是让她去约会什么的。"

他说得对。别的像凯特这么大的女孩,早都开始跟男孩一起去看电影了,凯特却整天待在家里。她给几个好朋友做了舞会的礼裙,但她自己却不去。

我一向喜欢手工,用自己的双手做东西感觉真好。我特别爱闻刚切开的木头的香味儿。木头那用砂纸打磨后的纹理摸上去多么光滑啊。

　　干活儿时,下午的太阳火辣辣地照在我们身上,我们流的汗都能装满一个桶了。在被榔头砸了几次大拇指后,我们决定先弄清我们的辛苦会不会白费。

　　在麦克奈特家厨房的桌旁,凯特正忙着做针线活。收音机里播放着电影《窈窕淑女》的对白。凯特穿着牛仔喇叭裤和一件蓝色针织上衣,跟斯佳丽穿的一样。这身衣服斯佳丽穿着很合适,凯特穿着就不怎么样了。

　　我们请凯特开车送我们。她瞪大眼睛看着我和卡尔,就好像是在我们抢劫了银行后,请她开车带我们逃跑似的:"绝对不行!如果你们认为我会跟你们一起捉弄那个可怜的男孩,那你们可打错主意了。"

　　"我们不是捉弄他。"我对她说。

　　"哦,是吗?"她根本不信。她用脚使劲蹬着缝纫机的踏板,针在布料上飞快地蹬过。

　　"真的不是,凯特。真的不是。"卡尔满腔真诚。

　　凯特不理他,脑袋只顾埋在缝纫机上,嘴里跟着录音机里的歌哼唱:"我可以整夜起舞!我可以整夜起舞!"

　　"哦,走吧,托比。"卡尔拽着我的衬衫说,"算了吧。有些人自以为了不起,却不愿意帮助一个孤独的人。扎卡里可能随时会被送进孤儿院。"

　　我们转身,慢慢地朝门口走去。凯特不唱歌了:"你们在说什么?"

　　我们俩一齐扭头看向她,这次是我在说话:"长官说如果这星期结束的时候保利还不回来,扎卡里就只好去孤儿院或寄养家庭了。"

"走吧,托比。"我跟着卡尔走出他家,来到我家后院。

我知道接下来会发生什么。如果我有一百万美元,准会拿出来打赌。我们慢慢地捡起工具。麦克奈特家的玻璃推拉门打开了,我用眼角的余光看见门廊地板上凯特斜斜的身影。我朝卡尔眨眨眼睛,故意说:"是啊,我想我们还是别费劲做这个台阶了。"

卡尔知道凯特出来了,于是大声喊道:"没错,替扎卡里做什么都没用了。真是白费劲了,伙计!"

我担心他演过了头,但凯特把头探过两家相连的栅栏,把眼镜高高地推到脑袋顶上:"你们真的是在给他做那个台阶吗?"

我们抬起头,装出一副大吃一惊的样子,异口同声地说:"是啊。"

"你们不是要对他使坏?"

卡尔翻了个白眼,好像压根儿没想过这种事情:"不是,凯特。"

她看了看手表:"晚上有一场约翰·韦恩①的电影,八点半开始。你们七点半能做完那个台阶吗?"

"没问题。"我说,"我上学期手工课拿了个A。"

"我也是。"卡尔不甘示弱。

"那是你唯一的A!"凯特说完,闪身回了家。

两个小时后,我们做好了台阶。可是还有一个最艰巨

---

① 约翰·韦恩(John Wayne,1907–1979),好莱坞明星,以演出西部片和战争片中的硬汉而闻名。

114

的任务摆在我们面前——说服扎卡里。

我和卡尔决定不提前问扎卡里。如果我们都准备好了再露面,也许他会觉得比较有压力,同意的可能性会大一点儿。当然啦,我们没有把这点告诉凯特,她肯定不会赞成的。

八点钟,我们把台阶放进卡车的后车厢,开车去见扎卡里。靠近拖车时,西斜的夕阳在黄色的车身上跳动,给它镀上了一层朦胧的光晕,拖车好像梦境里的东西。

凯特把车开到拖车前面,重重地踩了一脚刹车。我们的身体往前一扑,脑袋差点儿撞在仪表板上。

"真对不起。"她说。没等卡尔说出俏皮话,我赶紧捅了捅他的肋骨。

"哎哟!你想干吗?"

"你在这儿等一下,凯特。"我说,"我们很快就回来。"

我们站在拖车门口敲门,然后,像往常一样,耐心等着。

"我们慢慢地聊起这个话题。"我说。卡尔点点头。终于,门把手转动了。扎卡里的头发支棱在脑袋一侧,好像在告诉我们他一直在睡觉。进去以后,拖车里黑乎乎的,墙角的电视机屏幕在闪光。

卡尔脱口而出:"我们过来带你去露天电影院。"

扎卡里皱起了眉头:"我哪儿也不去。"

"你去过露天电影院吗?"我问。

"没有,牛仔。我干吗要做那样的事?"

"你可以把这件事也加在你的冒险清单上。"卡尔说。

"是啊。"我说,"在你跟别人说攀上巴黎的埃菲尔铁塔,或者登上纽约的自由女神像时,还可以加上在得克萨斯州看露天电影。而且,你一直想看到一个真正的西部牛仔。现在机会来了。这是一部约翰·韦恩的电影。"

扎卡里冷笑了一声。

我估计他不好意思承认自己没法钻进一辆小汽车,便说:"我们带来了敞篷卡车,我们几个可以都坐在后面。"

"我们还为你做了台阶呢。"卡尔说。

扎卡里的眼睛瞪得溜圆,接着又迅速眯了起来。我怀疑他大概以为我们在搞什么鬼,就把拖车窗户上的窗帘拉开了。外面,凯特已经一个人把台阶搬出来放好了。

"看见了吧。"

扎卡里探身望着窗外:"你们不用费这个劲的。"

敲门声忽然响起。太好了。再有一分钟我就能把他说服了。

凯特隔着门喊道:"卡尔,我们得快点了。"

"再等一分钟。"卡尔大声回答。

"有什么问题吗?"凯特问。

"那是谁?"扎卡里问。

只剩一个办法可以一试了。我走到门口,把门打开:"凯特,认识一下扎卡里吧。扎卡里,这是凯特。"

"嗨。"凯特笑微微地伸出了手。她眼神柔和,看着扎卡里就好像从他身上看到了肥胖以外的什么东西。那一秒钟,凯特伸着手站在那里,笑容可掬,看上去还蛮好看呢。

扎卡里盯着凯特的手,我以为他肯定不会搭理凯特。

没想到他竟笑眯眯地跟凯特握了握手。他的笑容真诚而灿烂。这是我第一次看见他的牙齿。完美无瑕——又白又整齐，没有缝隙。斯佳丽肯定会嫉妒的。

"准备好了吗？"凯特问。

"就好了。"扎卡里说，"再给我一分钟。"他晃晃悠悠地走到拖车后部，钻到帘子后面不见了。我们听见水流声，一分钟后，他出来了，头发已经用水浸湿并梳理过了。

要从车门里出来，扎卡里必须侧着身子往外挤。他让我想起了卡在兔子洞里的小熊维尼。扎卡里的大肚子抵在门框上，蹭啊蹭啊，终于挤了出来。虽然太阳正在西沉，但他有点儿畏光地眯着眼睛，并用一只手遮在眼睛上面。我猜他也许有好几个星期没出来了，也许是好几个月。

凯特的卡车停得离拖车很近，但扎卡里花了好一会儿才走上台阶。他走动时，宽松衬衫下面的赘肉使布料一块块地隆起。每上一个台阶，他都要停下来歇一歇。他上嘴唇上沁出了一粒粒汗珠。他呼哧呼哧地喘着气，就像一条刚跑完长跑的圣伯纳德犬。最后，他终于走进卡车后车厢。砰的一声巨响，他坐了下来，我们感觉到卡车的底盘都在晃动。我和卡尔不得不从他腿上跨过去，因为他是不可能挪到前面去了。

"脚怎么样了？"我问。

"还好。"扎卡里说。他环顾四周，眯起眼睛打量这个世界。

路上空荡荡的，除了我们没有别人。我们经过一个农庄，一台拖拉机留在地里。远处，一股沙尘暴在一栋农场主的住宅附近刮起。虽然被锤子砸伤的拇指还在隐隐作痛，但清凉的风吹在脸上很舒服，我的心情也因为我们为扎卡里所做的事情而感到愉快。

过了几分钟，扎卡里说："这让我想起了大海。"

"什么？"我问。

"平原。就像大海一样。看见了吗？"他指着夕阳里的一架风车，"那就像一座灯塔。看看那一垄垄的棉花田，我们经过的时候，它们看上去就像海浪。"

"你也这么认为？"卡尔问我，眼睛审视着棉花田。

"我没看见。"我说。

扎卡里讥讽地笑了："你们根本不知道怎么看。必须用心去看才行。"

我从生下来就一直在看棉花田，它们一次也没让我想起过大海。

在鹿茸镇外两英里的地方，车辆开始增多。凯特像小老太太一样开得特别慢，人们在后面按喇叭催促，或者超车过去，朝我们不满地挥挥拳头。一辆满载着大孩子的汽车驶过，车窗摇了下来。其中两个笨蛋把脑袋探出来，做着下流的手势，喊道："大肥佬！"我们的样子就好像拉着一尊大佛穿越得克萨斯。突然，我有点儿后悔，也许我不该听卡尔的话，不该提出做台阶的建议。

扎卡里专注地盯着道路一侧。我暗自猜想，他是怎么游览他声称去过的那些地方的？他是怎么挤进卢浮宫的电梯的？他是怎么对付那些凝视和侮辱的？

在汽车入口的大门口，凯特停下卡车，付钱给收票员。

"哟,比利的姐姐,是吗?你可以免费进去。"

"真的可以吗?"凯特问。

"当然。"他笑着说,弹了弹他的吊裤带,挥手让凯特进去。他一开始没有看见扎卡里,当卡车的后车厢在他面前闪过时,他的下巴咔嗒掉了下来——差点儿砸在地上。

扎卡里注意到了,迅速转过脸去。他把胳膊紧贴在身体上,双手叠放在身前,似乎想让自己变得小一点儿。

除了我们,现场只有几辆车,但凯特把卡车停在了后排。她大概是不想让别人停在我们后面,给扎卡里惹麻烦。她从车里钻出来,对卡尔打了个手势:"我们去买点儿饮料和爆米花。"

我真想大喊:别让我一个人陪着他。可是卡尔迅速跳下车,跟着凯特朝租营货摊走去。我若跟过去,让扎卡里独自留下就太不礼貌了。但我真想离开。天哪,我真想离开。跟他一起坐在这卡车的后面,我感觉我似乎就是扎卡里。我看见了朝我们投来的猎奇目光,指指点点的手指。我听见了关于胖子的笑话。他在世界各地旅行时肯定也是这种遭遇。突然,我一下子明白了。所有扎卡里说的那些地方,他并没有去过。从他躲闪的目光和他缩着身体的样子,我断定扎卡里从未离开过他的拖车。

为了躲开别人的注目,我仔细研究着大银幕。我看着小孩子在前面的游戏场上荡秋千。我数了数第一排的扬声器。在我们周围,蟋蟀在鸣叫,汽车关掉了引擎,黑夜里稀稀拉拉地传来人们的声音。我们听着,但没有说话。

最后,扎卡里开口了:"这就是露天电影院?"

"是啊,这就是,没错。没什么了不起的。"

我们又沉默了,我琢磨着我应该说些什么。"你以前去看过电影吗?"我真想给自己一拳。他怎么可能去看电影?一个座位根本坐不下他。

"看过,一直看的。"

扎卡里是个谎话大王。接着我想起了自己的谎言。整个小镇都以为大老开剧院发生了火灾。我真庆幸爸爸是个深居简出的人,如果他听说了这事,我就要吃不了兜着走了。露馅大概只是时间早晚的事。

我正盘算着该说什么时,凯特和卡尔回来了。凯特也爬进了后车厢。她递给扎卡里一瓶可乐。她指着那些扬声器,告诉扎卡里,她小时候全家人怎样都钻进客货两用车,到露天电影院来看电影。孩子们穿着睡衣,带着枕头。妈妈每次都买满满一纸袋爆米花。

"真的吗?真棒。"扎卡里点点头说。他那样子就好像凯特说她坐着用缝纫机做的火箭飞到了月亮上。扎卡里似乎跟平常不太一样——变得友善了。他没有吃爆米花。我和卡尔使劲地把浇了黄油的爆米花往嘴里塞。我们忙着做台阶,几乎没怎么吃晚饭。

凯特用一根吸管喝饮料。"我知道你妈妈两年前去世了。也就是说,你那会儿才十三岁,对吗?"她问话的口气没有丝毫恶意,也不像是在刺探别人隐私。

"是啊。"

"她也很胖吗?"卡尔问。我应该给他一记老拳,但凯特先出手了。

扎卡里回答时看着凯特："她是个大块头女人,心胸也很大,一直都去教堂。"

凯特往后靠在车厢壁上,温柔地问："人们走到你家里盯着你看,是不是很难受？"

"怎么说呢。"扎卡里顿了一下,"他们反正都要盯着我看,我还不如收钱呢。"他深深地凝视着凯特的脸,"很快,我挣的钱会更多,因为我和保利会增加一些新的节目。他目前就在做这件事。"

"他为什么不带你一起去？"凯特问。

"他要去很远的地方。我留在这里比较方便。"他迅速地扫了我们一眼,"就这一次。"

凯特点点头,似乎理解了扎卡里的荒诞世界。等待电影开始的时候,凯特跟扎卡里交谈,扎卡里跟凯特聊天。我们感觉似乎不是在跟世界上最胖的男孩一起坐在一辆卡车后面。我们感觉似乎是待在汪洋大海——平原大海——的一条小船上,吃着爆米花,喝着苏打水,听扎卡里给我们讲述他的真实生活。我之所以说"真实生活",是因为不知为何,我能看出这次聊天内容有些不一样,跟扎卡里以前讲的那些关于法国、英国、西雅图的故事不一样。我忍不住猜想,我的谎话是不是也跟别人的一样——显而易见。

"你没有跟你妈妈一起去教堂吗？"卡尔问扎卡里。我知道他其实想问什么。卡尔迟早会因为扎卡里受洗的事而好奇死的。

音乐响起来,电影开始了。扎卡里没有回答卡尔的问题。卡尔的肩膀塌了下去,他弹了一个响舌："天哪！"

我也很失望。接着我开始奇怪为什么自己现在也对扎卡里受洗的故事感兴趣了。

电影一结束,没等片尾字幕出来,凯特就转动引擎钥匙,把卡车开了出去。我猜她是想早点儿离开,以免扎卡里引起人们的更多注意。

我们把扎卡里放下后,卡尔小声说:"我有一个主意。"

"什么?"我问。

"我认为我们可以帮扎卡里受洗。"

第十四章

看过电影两天后,我和卡尔在拉玛保龄球馆的屋顶上见面。已是傍晚七点钟了,但夏天的太阳还没有落下。它像一只鲜亮饱满的大橘子,挂在枝头等待掉落。现在是一年里白天最长的日子。

"你应该知道怎么受洗。"卡尔说。

"凭什么呀?"

"你是浸信会教徒。"

"嗨,我从来没受洗过。"

"我是天主教徒。"卡尔说,"我们还是小婴儿的时候就受洗了,扎卡里跟小婴儿的距离可不是一星半点。你必须去弄个明白。"

这倒是事实。我和妈妈每星期都去教堂,我每个月至少有一次看着牛顿牧师把某个人浸在洗礼池里。我看见头脑简单的科比洗礼了不下十二次。他每次顶撞或咒骂了他母亲,都认为自己需要净化一下。

妈妈离开后,我就再也没有去教堂。爸爸也没有强迫我去。除了参加葬礼,他平常从不去教堂。

卡尔似乎在等着我答应把这件事弄清楚。"你凭什么认为他想要受洗呢?"我问。

"你想想吧。他妈妈给了他一本《圣经》让他受洗。他承认自己差点儿就受洗了。后来他妈妈死了。他妈妈可能在他受洗前就死了。说不定这是他妈妈最后的愿望呢。"

"天哪,卡尔。你的想象力真够丰富的。"我想表示不以为然,但是眼前发生了一件最诡异的事情,打断了我们这个话题。凯特把卡车停在拖车前面,抱着一摞书下了车,敲了敲拖车的门。扎卡里从窗口往外看了看,然后打开了门。片刻之后,凯特拿着一个食品袋离开了。

"你认为那袋子里是什么?"卡尔问。

"我怎么知道?"话虽这样说,其实我也好奇得要命。我在拖车的台阶上看见过那些袋子,但都是拿进去的,没有拿出来的。

后来,卡尔打电话给我:"想看看那袋子里是什么吗?在我家后院碰头。"

来到他家后院,卡尔站在晾衣绳前,双臂张得很开。我过了一秒钟才明白过来,我看见——一条硕大无比的裤子、两件衬衫、几条我所见过的最大的拳击短裤像旗帜一样在绳子上飘动。

星期五,在梅耶女士的院子里干完活儿后,我问梅耶女士:"一个人是怎么受洗的呢?"

当时我们坐在凉亭里,吃一种全是樱桃、柑橘和果汁软糖的沙拉。她还做了小小的不带硬皮的三明治,里面夹着一片蘸了辛辣酱的火腿。我饿坏了,拼命忍着才没有把这些食物一口吞下。

听到这话,梅耶女士把叉子放在她的瓷盘子里,用粉红色的布餐巾擦了擦嘴,说:"你为什么要问这个,托拜厄斯?"

真有意思,当涉及某些事情的时候,一个人就能从托比变成托拜厄斯。

"其实不为什么。"

她看着我,扬起了眉毛。我意识到,她大概误会是我想受洗,便对她说:"噢,不是我。是一个朋友。"

"明白了。"她噘起嘴唇,声音变得低沉而严肃,"这个问题必须非常认真地对待。你,我是说你的朋友,不应该草率行事。仁慈的上帝知道我们在做出这份承诺时的心理状态。这是一个美妙的承诺,托拜厄斯。基督徒的生活是不容易的,但它可以带来巨大的快乐。当然啦,还有永恒生命的馈赠。"

"可是,一个人是怎么受洗的呢?"

她的脸皱成一团:"你是指过程吗?首先,你应该去跟牛顿牧师谈一谈。我的意思是,你的朋友应该去跟牛顿牧师谈一谈。"

我努力想象扎卡里步行穿过小镇去教堂的情景。那不太现实。"如果他不能去找牧师呢?牛顿牧师能做家访吗?"

"我相信是可以安排的。是的,我相信牛顿牧师那边不会有任何问题。"梅耶女士把盘子一个个放进托盘,嘴里哼着歌曲《像我一样》。

今天,我把梅耶女士的鸢尾花挖了出来,分开它们的球茎,因为她说鸢尾花要是挨得太紧密了,就会开不出花来。我还清除了干枯的忍冬藤,它们甜蜜的芳香现在还弥漫在空气里。到目前为止,我运气还算不错。到处都没看见法官的身影。我想问问梅耶女士法官在哪里,又担心她会把他叫出来。

我从东往西割草,注视着花圃里的蜜蜂懒洋洋地从一朵花飞向另一朵花。我喜欢割草,它使我有时间思考和筹划——不是关于扎卡里,而是关于斯佳丽。有一个办法我还没有试过,就是送给她一件特别的礼物。见鬼,爸爸用一罐向日葵种子就赢得了妈妈的芳心。可是斯佳丽想要什么呢?我没有那么多钱修补她的牙缝。我一边捡起装碎草叶的袋子,一边想着送她什么好。为了寻找灵感,我努力回忆她的房间。鲍比·谢尔曼的每张唱片她可能都有了。要不再送她一瓶风之歌?或者另一只毛绒签名狗?这次我要在上面写一些特别有深度的话。

在走向垃圾桶的路上,有什么东西狠狠地打中了我的后背。我一转身,袋子掉在了地上。法官盘腿坐在苹果树下,从一根矮枝上摘苹果来砸我。他在向我"投球"。"你以为自己能超过神投手吗,嗯,T.J.?哼,我们去年可不是平白无故获得冠军的。"

我尽量在安全的距离内捡苹果,但那老家伙身手了得。我很吃惊地发现,法官竟然能投这么远。他以前在棒球场上肯定是一把好手。他一次次地朝我扔苹果,我一边躲闪,一边尽量把那些苹果捡起来。就这样过了一会儿,梅耶女士走进了院子。法官一看见她,就赶紧把一个苹果藏到身后,像一个偷饼干被抓住了的小孩子。

"哎哟!"梅耶女士大声说,"给你,哥哥。你的《生活》杂志来了。"

我离开前,梅耶女士递给我一张纸:"拿去,这是给你那位朋友的。"

我低头看,《约翰福音》第三章第16节:神爱世人,甚至将他的独生子赐给他们,叫一切信他的人不至灭亡,反得永生。

回到家,我进门前先看了看信箱。在那些账单中间又有一封妈妈的信。我胸口发紧——这封信的地址是新的。我把它扔在梳妆台上,扔在几天前收到但没有打开的那封信的上面。

我想找一件东西送给斯佳丽,就走进了爸爸妈妈的房间。空气里还残留着妈妈的香水味儿,那一刻,我真以为她会从卫生间里突然跳出来,说:"嗨,小马驹儿!"她那把旧吉他像往常一样靠在茶几旁的墙上。几乎每个晚上,她都穿着睡衣坐在床上,光着双脚,轻轻拨动琴弦。她经常仰望着天花板,似乎歌词就在那上面飘浮,等待着被她摘取。然后某个时刻,她会停下来,把歌词草草地写在笔记本上。我不明白,妈妈明明知道自己不会回来了,为什么不把吉他也带走呢?

我打开妈妈梳妆台上的首饰盒。那串珍珠就在里面，用薄绵纸包着，摸在手里凉凉的。我幻想着斯佳丽戴上它的样子。也许，她下学期会戴着它去上学，身上穿着那件毛茸茸的蓝色针织衫。我会在教室里坐在她后面，看着她用手指捻动那串项链。别的女生都想借去戴戴，可是她不让，因为是我送给她的。

我找来一个小盒子，用圣诞节剩下的包装纸把珍珠项链包在里面，然后在一张卡片上签了我的名字，出门朝斯佳丽家走去。穿过小镇广场时，我想象着她打开礼物盒，惊讶得说不出话来的样子，因为胡安从来没有送过她这么漂亮的东西。她会用那双蓝汪汪的眼睛看着我，自责为什么没有看到我身上显而易见的优良品质。

可是斯佳丽家里没有人。时间不多了，如果我不迅速采取行动，斯佳丽就会和胡安和好如初了。我把礼物留在大门和纱门之间，然后回家了。

刚一踏进家门，我就看见了妈妈那副挂在沙发上方的汉克·威廉姆斯①的丝绒画像，以及那封裱在镜框里的谭米·温内特的打印信件。我顿时从头到脚充满了负罪感。

多么愚蠢的主意啊。如果我马上骑车赶到斯佳丽家，也许还能在她到家前把项链拿回来。可是我刚要走出大门，就撞上了爸爸和牛顿牧师。牛顿牧师胳膊下面夹了一本《圣经》。

"托比，"牛顿牧师说，"我认为我们需要稍微谈谈。"

---

① 汉克·威廉姆斯（Hank Williams, 1923–1953），美国著名乡村音乐歌星。

第十五章

爸爸邀请牛顿牧师进入起居室。他们顺着走廊往前走,我的脚却像生了根一样。"托拜厄斯,"爸爸回头看了我一眼,说,"来客人了。"

我磨磨蹭蹭地朝起居室走去,心里猜着梅耶女士到底等了多久才给牛顿牧师打电话的。可能我前脚刚踏出她家门廊,她后脚就冲向电话拿起了话筒。

牛顿牧师坐进了妈妈那张鼓鼓囊囊的椅子,把《圣经》放在腿上。我选了房间另一头的一张直背椅。

爸爸还站在那里:"牛顿牧师,你想喝杯咖啡吗?"

牧师推了推他的双光眼镜。他肥厚的脸颊一直垂到下颚,看上去活像一条斗牛犬。

"已经煮好了吗?"

"没有,但我很愿意新煮一壶。"

"好吧,如果不麻烦的话。"

"一点儿都不麻烦。"爸爸转身要走,牛顿牧师又说:

"两勺糖，一点点牛奶。"他举起手指比划着剂量。

"再来点儿曲奇饼怎么样？"爸爸问。

牛顿牧师摸了摸他圆圆的肚子："哦，真诱人。说真的，我一整天都没怎么吃东西，倒是可以来上一两块。麻烦吗？"

"不麻烦。"爸爸又说了一遍，然后朝厨房走去。他似乎巴不得有个理由可以离开。

我应该提醒牛顿牧师，爸爸的曲奇饼不是加糖的那种。实际上，他根本就不用糖。那些曲奇饼像苏打饼干一样淡而无味，你咬一口，就得在嘴里没完没了地嚼上半天。

牛顿牧师把身子往后一靠。他胳膊肘架在椅子扶手上，胖乎乎的手指交叉在一起，搭成一座桥。他仔细端详着我，我盯着自己的鞋子。

"托比，托比，托比。坦白地说，我到这里来可不是为了串门。我是来完成上帝的使命的。"他叹了口气，用手指敲打着自己的手指关节，"你有什么想告诉我的吗，孩子？"

我摇摇头："没有，先生。"

他笑了："好吧，也许我可以把事情说得更简单些。我从梅耶女士那儿听说你在打听受洗的事情。对吗？"

"是的，先生，可是——"

牛顿牧师举起一只手，阻止了我后面的话。"没必要感到羞愧。每个基督徒都会经历这个混乱时期。"他探身向前，"上帝在敲你的心门，托比。孩子，你最好回应他。"

"可是——"

他又举起了手掌："如果我把自己的见证告诉你，也许会对你有所帮助。你知道吗,我并不是一开始就走在正路上的。"

"是吗?"

"是的,是的,确实如此。我那时候是国税局的一名税收员。现在回想起来,我觉得自己就像一个现代版的撒迦利亚先知。我享受着我给别人带来的痛苦。我喜欢那种权力。我有贪婪的权力欲。"他打了个哆嗦,似乎想摆脱过去,接着又继续没完没了地唠叨起来。

我深深地陷进椅子里。牛顿牧师在给我一个人布道。看到爸爸端着一杯咖啡和一盘他自制的曲奇饼进来,我松了口气。

牛顿牧师喝了口咖啡,闭上眼睛,露出了微笑:"啊!好咖啡,奥托。对了,有奥帕莉娜的消息吗?"

爸爸端起盘子:"吃块曲奇饼?"

"好的,请别介意。"他探过身,目光从双光眼镜上面看出去。他仔细端详了每一块曲奇饼,最后挑了一块最大的。

"我听说那场火灾了。真可惜。大老开剧院着火。他们会建一个新的剧院吗?"牛顿牧师每说一句话就挥一下曲奇饼,就像乐队指挥在挥舞着手里的指挥棒。

我觉得全身发热。

"火灾?"爸爸问。

"是啊,真可惜。我们必须在祈祷名单上加上纳什维尔的那些善良百姓。啊,真怀念奥帕莉娜的独唱啊,那歌喉是上帝的恩赐。"

爸爸凝神看着我。我不安地扭动,真希望有个地洞能

131

钻进去。

"我们再说说你受洗的问题。你妈妈会为你感到骄傲的,托比。"牛顿牧师咬了一口曲奇饼,皱起了眉头。他不停地嚼啊嚼,终于咽下去后,赶紧喝了一大口咖啡把它冲进胃里。他朝爸爸眨眨眼睛:"这些不是奥帕莉娜做的,对吗,奥托?幸亏上帝把女人安排到这个世界上。"他放下曲奇饼,转身把注意力集中在我身上。我觉得他的眼睛把我看穿了。他在挖掘——挖掘我的灵魂。"这星期我在圣坛呼召[①]时,你愿意过来吗?"

我再也忍不下去了:"牛顿牧师,是我的朋友想受洗,不是我。"

牛顿牧师不作声了。他看了我很长时间,然后看向爸爸。爸爸仰靠在躺椅上,双脚跷起,双手交叉垫在脖子后面。

"你的朋友是谁,孩子?"

"我不能告诉你。我是说——他甚至都不知道我在谈他的事。"

牛顿牧师的表情看上去不太好,似乎我告诉他的是有人开车轧了他的狗。失望之下,他说:"好吧,告诉你的朋友,我愿意倾听。"

"我会的。"

"我很愿意为他施洗礼。"

"我会告诉他的。"

[①] 呼召是指传福音教士要礼拜者到台前来表示效忠于耶稣基督。

牧师站起身来。

"哎,牛顿牧师?"

他笑微微的,满怀期待:"怎么?"

"如果我的朋友想要受洗,需要做什么呢?"

他皱起眉头,沉吟了好一会儿,说:"首先,他应该响应我们的圣坛呼召。如果他愿意,可以等到第四节的时候再上来。他必须忏悔自己是个罪人。然后我们就会安排他进入我们的洗礼堂。他将是在我们崭新的洗礼堂里受洗的第十个人。"听牛顿牧师的口气,似乎扎卡里将要获得一个大奖。就像IGA①食品店因为伊尔林是第一万名顾客而奖给她一台彩电一样。

牛顿牧师走到门口。"奥托,谢谢你的咖啡和曲奇饼。"离开前,他转身对我摇晃着手指,"托比,如果上帝敲门,你最好让他进来。奥托,希望星期天能在教堂看见你。"

"再见,牧师。"爸爸说。

门关上了,爸爸站在我面前,双臂交叉抱在胸口。我不知道哪个质询先来——受洗还是火灾。

"托比,大老开剧院着火是怎么回事?"

我耸耸肩,尽量装出一副无辜的口吻:"不知道。肯定是有人误解我的意思了。你瞧,受洗的事就搞得一团糟。"

"说到这个——我希望你作为一个朋友没有越界。一个人的宗教生活是他自己的事。"爸爸端起那盘曲奇饼,说,"我还没来得及用剩下来的这些把牧师打发回家,他就

---

① IGA,国际独立零售商联盟(Independent Grocers Alliance)的简称。

自己走了。其实并不麻烦。一点儿也不麻烦。"他朝我眨了眨眼睛,端着盘子进了厨房。

我不敢相信爸爸就这样放过了我。也许他真的信了我的话,以为火灾是别人谣传的。但是没时间琢磨其中的原因了,我得赶紧把珍珠项链拿回来。不管怎么样,我要在斯佳丽回来之前赶到她家,找回项链。

我骑车冲了过去,然后把车停在路边栅栏外。可是已经晚了。斯佳丽家的汽车停在了车道上。我猜想他们会不会从车库进了家,没有注意那个小纸包。

透过房子前面的窗户,我看见斯佳丽的妈妈正在炉子前忙碌,斯佳丽正在摆餐具。电视机开着,塔拉戴着米老鼠耳朵的发箍坐在电视机前。我悄悄地走上门廊的台阶,打开了纱门。纸包不见了!我又走到旁边,再往窗户里看,想看清斯佳丽是不是戴着那串项链。没有。这时,塔拉站起来,像袋鼠一样跳向餐桌。一跳,一跳,一跳。亮闪闪的珍珠项链在她胸前跳动。

这个小混蛋。这个手脚不老实的小混蛋。我必须想办法把项链拿回来。我可以等她明天早晨出来的时候,趁她不注意——

街上突然传来喇叭声,我吓了一跳。开车的是凯特,卡尔在敞篷卡车后车厢挥着胳膊:"快!瓢虫来了!"

顿时,我把珍珠项链抛到了脑后。我骑车跟着卡车来到火车站,凯特在一张领瓢虫的纸上签了名。然后我们三个把那些箱子搬上卡车。每个箱子里都有两只装满瓢虫的麻袋。肯定有几百万只瓢虫。今晚的"瓢虫舞会"一定会是一副壮观的景象。

看见那些箱子装在卡车里,我不禁想起了威尼。我看着卡尔。他满脸是笑。我的心缩成一团,因为我想到了那封信。如果威尼写来回信,卡尔会怎么做呢?威尼肯定会提到那封信的。

我们装箱时,卡尔问:"受洗的事你弄清楚了吗?"

我真想告诉他受洗毁了我的生活。如果不是牛顿牧师跑来看我,这会儿妈妈的珍珠项链还在我手里呢。但我只是把牧师说的扎卡里需要做的事情告诉了他。

"你认为他会做吗?"我问。

"没问题。"卡尔说。他总是乐天派。

生活中的烦恼已经让我不堪重负了,但此时此刻,我把所有的事情都放到了一边,因为这种时刻——瓢虫舞会——一年只有一次。回家时我骑着车跟卡车赛跑,我赢了。毕竟,开车的是凯特嘛。在他们家的前院里,麦克奈特夫人正在修剪玫瑰花。"瓢虫来了?"

"是啊,夫人!"我们一起大声喊道。

"卡尔,"她说,"你和凯特赶紧洗洗手。晚饭就快好了。凯特,我亲爱的,把桌子摆一摆。"

"一小时后见。"卡尔说着就急忙冲进了家门,凯特也跟了进去。

我刚要转身离开,麦克奈特夫人喊住我:"托比?"

"怎么,夫人?"

"我今天在想你妈妈的事。"

我的胃里像着了火一样。

"我知道你肯定很想她。天哪,我也想她。她似乎脑子里永远在唱歌,脸上总是挂着微笑。"

我把双手插进口袋,用脚后跟挖草皮。

"如今,只有勇敢的女人才会去追求自己的梦想。你应该为她感到骄傲。"麦克奈特夫人用手背擦擦额头,拂开脸上的几缕黑色卷发,"有时候,人只有追求了梦想,才会感到自己是完整的。其实我自己也有几个梦想呢。"

"是吗?"我暗暗后悔自己不该用这么吃惊的口吻说话。

她笑了起来:"我知道我看上去不像,但我确实也有梦想。不过不像你妈妈的梦想那么光彩夺目。我一直渴望到美国的东南部去转转,寻找一些古老的玫瑰品种。"

"噢。"我点点头,似乎理解了其中的意义。其实我根本无法理解。

她弯下腰,闻闻她种的一株完美的玫瑰花。"我真想在古老的墓地和那些玫瑰花生长的地方漫步,发现一个被遗忘的玫瑰品种。那该多么令人激动啊。"她剪去玫瑰丛里一朵枯萎的花。

就在这时,一辆深蓝色的雪佛兰在麦克奈特家门口停了下来。我庆幸麦克奈特夫人来了客人,这意味着我可以躲开这场谈话了。可是,就在我准备拔腿离去时,从车里下来两个穿军官制服的男人。

麦克奈特夫人朝他们看了一眼,顿时脸色煞白。她返身继续修剪玫瑰。"那多好啊!"她接着刚刚的话题说,声音很轻,微微发颤。

我看着麦克奈特家的房子。凯特端着一摞盘子从窗口经过,我不知道是不是该去叫她。可是我的肚子很难受,膝盖在发软。

两个男人进了院子,朝我们走来。麦克奈特夫人继续修剪玫瑰,但现在她把刚开的花朵也剪掉了。她大刀阔斧,连花带梗地剪。那两个人越走越近,玫瑰花丛在她手下越剪越小。她的双手在颤抖,呼吸变得沉重,她不理睬已经站在面前的两个人。"是麦克奈特夫人吗?"其中一个说。

她摇摇头,继续剪、剪、剪、剪。花梗落到地上,花刺在她手上划出细细的伤痕。这时,凯特从窗户里朝外张望着。我默默地恳求她赶紧过来,站在我此刻的位置上。

"麦克奈特夫人,"那人说,"您丈夫在家吗?您可能需要他陪着您。"

"不。"她说,头也没抬,只是嚓嚓地剪着花枝。玫瑰丛已经剪得很短,她要弯腰才能够到。"不!"她哭了起来,扑通跪在地上,"不是我的威尼!不是我的儿子!"她扔掉剪刀,双手捂住了脸,摇晃着身子哭泣。

两个人担忧地交换了一下目光。一个军官走上前,在她身边蹲下:"我们很难过,夫人。真的很难过。"

凯特出来了,匆匆朝她妈妈跑去,我知道是我用意念的力量把她召来的。我不知道该怎么办。哦,上帝啊,我真想知道该怎么办。但我能想到的就是跑回家,关上卧室的门,把整个世界关在外面。

第十六章

接到消息的第二天,天刚蒙蒙亮我就起来了。我站在窗口朝外望。外面,麦克奈特先生正在把他们家的国旗升上旗杆。绳子每拽一下,国旗就往上蹿一蹿,最后升到了杆顶,这之后,降半旗。他转身时,我看见了他的脸:嘴唇紧紧地抿着,两道浓眉紧蹙在一起,在额头中间形成一个V字。不一会儿,一直在门廊上喝咖啡的爸爸,也把我们家的国旗从壁橱里找了出来。到八点钟的时候,常春藤街上的每根旗杆上都降了半旗。

瓢虫还在密封的箱子里,箱子就堆在麦克奈特家的后院。我担心不及时喷水它们就会死掉。后来,卡尔来到他家后院,走到房子另一边的花园水管那儿。我撩开窗帘看着他。他慢慢地解开水管,拖到院里够到箱子那儿。他把水开到最大,喷嘴对准半空。一滴水也没有喷到瓢虫身上。片刻之后,他扔掉水管,朝那堆箱子走去。我屏住呼吸,希望他能好好地给瓢虫喷水。可是他把管子留在地上,让水在草地上流淌,渗入泥土。然后,他使劲踢着一个箱子,把它踢到了地上。他一脚又一脚地踢,就像踢一个足球。这是我第一次看见卡尔发火。凯特往他脸上打过一拳他都没这么生气。过了一会儿,他把箱子放回原处,关掉水管,返回家中。

今天是葬礼的前一天。我已经三天没出门了。我像扎卡里一样,从自己的窗口看世界。每天早晨,比利和麦克奈特先生都去棉花田里干活儿,卡尔和凯特留在家里陪妈妈。自从那天那两个男人来过之后,我就没有再见过麦克奈特夫人。风把她大部分玫瑰花的花瓣都吹跑了,留在枝头的那几朵花也枯萎了。

葬礼前的这些日子,似乎整个小镇都关门停业了。老人们仍然坐在自家门廊上聊天,但他们的谈话里不再点缀着笑声。消息传来后,小孩子们都不到外面玩耍了,似乎他们的妈妈担心会有人来把他们从院子里抓走,送到战场上去。

每天,电话铃都响起好几次,但我没有接。今天早晨,它第十五次响起。我怀疑是卡尔打来的。我不知道对他说什么才好。你最好的朋友的哥哥死了,你能说什么呢?而且,如果卡尔发现了我写给威尼的那封信怎么办?

电话铃再次响起时,我对着空气大喊:"别来烦我!"为了逃避这一切,我拿了一袋食物去送给扎卡里。我把袋子放在拖车台阶上,敲了敲门,就匆匆回家了。

吃晚饭的时候,爸爸说:"你妈妈几分钟前来过电话。她这星期一直想跟你说说话,但你没接电话。"

我什么也没说,只一门心思往面包卷上抹黄油。但是得知电话不是卡尔打来的,我还是暗暗松了口气。

"你妈妈很担心你。"爸爸说,"她听说了威尼的事。"

我抬起头来。

"你见过卡尔吗?"他问。

"没有。"

爸爸的太阳穴在跳动,他盯着我,好像不认识我似的。最后,他低头看着自己的盘子,摇摇头,咬了一口萝卜。

吃过晚饭,他看电视,一出现战争的场面,他就把电视机关了。他放了一张莫扎特的唱片,开始看《大地与河流》①。

七点钟,爸爸准备去守夜。他站在我面前,穿着白衬衫、黑裤子,戴着一条比泥土还要古老的条纹领带。

"你不去吗?"他问。

我又摇摇头。

爸爸弹了个响舌:"他是卡尔的哥哥呀。"

"这我知道。"

爸爸朝门口走去,手里摇晃着钥匙:"托比,我们是不是需要谈谈?"

"我就是不想去。"

爸爸把手放在门把手上。"有时候,我们必须做自己不愿意做的事情。"说完,他就走了。

我坐在自己黑乎乎的房间里,像洗扑克牌一样摆弄妈妈那几封未拆开的来信,听着爸爸关上大门,开着卡车走

---

① 一套关于狩猎的图书。

了。接下来的几分钟里,我听见街上传来许多次一样的声音:车门关上,引擎发动,车轮驶过街道。这些车都去往同一个地方。那个地方我没有勇气去。我想回忆威尼在公牛棒球赛上击球的样子,在威利的摊子前吃巴哈马大娘冰激凌的样子,在棉花田里放瓢虫的样子。

瓢虫!我冲下楼梯,奔出家门,偷偷溜进麦克奈特家的后院。我解开水管,拧上喷嘴,把出水量调得比较温和一些。黑暗中,只有月亮透过云层照在我身上。我给那些瓢虫喷了水,心里想着威尼和去年的"瓢虫舞会"。

去年夏天,瓢虫七月初就来了。那天晚上,威尼和其他人站在棉花田里,把袋子高高举过头顶,将瓢虫释放出来。在"瓢虫舞会"上放圆舞曲是威尼的主意。威尼发现我爸爸喜欢古典音乐,就请他挑选一首曲子,在瓢虫飞起来的时候放。过去三年,每年找一首新曲子已经成了一种传统,但是现在想来,我认为威尼是在想办法让爸爸参与进来,因为他知道爸爸是腼腆的。

我总是幻想着,威尼的兵役结束后,我和卡尔全家一起去机场接他。我想象威尼穿着一身军装走下飞机,拥抱他的妈妈和凯特,跟所有的男人握手,包括我。我甚至还想象他把我带到一边,问:"那封信是你写的,对不对,老弟?"那将成为我们俩的秘密,就像兄弟间的秘密一样。只是现在,一切都不可能了。

前脚刚迈进家门,就听见电话铃响,我不假思索地拿起了话筒。

"喂?"

"托比？"妈妈的声音那么清晰,好像是在街对面跟我说话一样,"哦,谢天谢地,托比。我就感觉到你可能在。你好吗？"

她不让我回答:"你就像我,不会处理悲伤。惹我们生气、逗我们开心都可以,但千万别撕扯我们的心。哦,小马驹儿,听到你的声音真好……你在吧？"

"在呢。"

"说起来,你爸爸就比较善于处理悲伤的事情。不过呢,我总以为你爸爸大多数日子都在悲伤中摇摆。有些人就是那样的。"什么也没改变,妈妈还是爱不停地唠叨。

"小马驹儿,我在想你呢,亲爱的。我知道这对你来说不容易。我不知道如果失去你我会怎么办。他们干脆再挖一个坑把我埋掉算了。"

我知道她在盼着我说些什么,但我只是把电话线拖到房间那头。

我听见了轻轻的嗒嗒声,仿佛可以看见妈妈在桌上一下下敲着她长长的指甲。

"趁着夏天还没过完,我希望你过来看我。行吗？"

我一声不吭。

"如果你愿意,也可以不理我,托比,但是我知道,你特别想见到我,就像我希望见到你一样。我知道肯定是这样。母亲最了解自己孩子的心。"

我清点着梳妆台上的玩具兵。

"我在这里非常努力地打拼,托比。你难道不知道吗？"

"我要走了。"我飞快地说。

"我爱——"

我按下听筒,听着咔嗒一声把她的话切断。

威尼葬礼的那天早晨,我穿上六年级毕业时的西服,打上领带。袖子太短了,上衣在后背上紧绷绷的。我照了照镜子,此时此刻心里没有想威尼、卡尔或任何别的人,只想着斯佳丽,但愿她别看见我穿着这身正式的西装。

爸爸站在我的门口:"准备好了吗?"

"我马上就好。你自己先走吧。"

他顿了顿:"卡尔会需要你的,托比。"他的话说得很慢,字斟句酌,我知道他还想再添一句:"你最好去。"但他没说出来,转身走了。

我一听见前门关上,就走到我的梳妆台前。两百多个士兵站在那里,准备作战。我打倒一个,又打倒一个,又打倒一个,一次一个,最后没有一个士兵是站着的了。

一分钟后,我离开了我们家的前门廊。天空灰蒙蒙的,一道道闪电划破云层。兰德里殡葬公司的一辆灵车停在麦克奈特家外面。走去教堂只要几分钟,我却从车库里拽出自行车,骑了上去。去教堂应该是往右拐,但我往左一拐,顶着风往前骑。我骑车跃上人行道的马路牙子,飞身拐过一个个街角。自行车和我成了一体,我一直骑到拉玛保龄球馆门前才停了下来。

保龄球馆的门上挂着一个牌子:因葬礼而歇业。我看着自己映在玻璃里的影子。通过玻璃,我看着威利把他那辆高尔夫停在了我身后。"你好,威利。"我转身看着他,说。

威利的头发整整齐齐地梳在后面,扎成一个马尾,身上穿着一件皱巴巴的西服,扣眼里插着一朵雏菊。他伸出一只手,指了指身边的位置。

我摇摇头:"不用,谢谢你,威利。我一会儿就去。"

威利点点头,把轮椅折叠起来放在车后,朝教堂的方向驶去。又一道枝形的闪电划过天空,接着便是雷声滚滚。

我刚要敲拉玛保龄球馆的门,突然发现门已经开了一道缝。我走进昏暗的保龄球厅,大声喊道:"费里斯。"没有人回答。突然,我想到可能有个小偷溜了进来,利用全镇人都去参加葬礼的工夫来偷东西。如果真是这样,我可不愿待在这里。

我正准备离开,忽然听见有人在球馆咖啡厅清了清嗓子。走近几步,我发现费里斯正坐在窗前的一张桌旁。窗帘拉着,他垂着脑袋,好像正对着一瓶吉姆·比姆威士忌在祷告。

"费里斯?"我朝他走去,"你没事吧?"

他抬起头,眼睛又红又肿,衬衫的纽扣没有扣上,一条别针式领带从衣领的一个角上挂下来。"嗨,托比?你不是应该去参加葬礼的吗?"

"我很快就去。你怎么了?"

他从口袋里掏出一条手帕,擤了擤鼻子,声音像雾角[①]一样刺耳。"得了重伤风。"他又给自己倒了一杯酒,"千万别开始喝酒,托比。除了钱,它也是所有罪恶的根源。"

[①] 雾角,海上起大雾时吹号角向雾中的船只发警告。

"你不去参加葬礼了吗?"

费里斯摇摇头。"我以后再去吊唁。麦克奈特一家会理解的。他们都是好人。"他抬起头,用红肿的眼睛看着我,"孩子,你最好赶紧去吧,要迟到了。"

我转身离开时,费里斯说:"知道吗? 他们说的话是真的。"

"谁说的什么话?"

"镇上的每个人都说我是胆小鬼。没错,这是真的。"

起先,我不知道他在说什么,后来才明白过来,他指的是他的腿坏了,没去参加朝鲜战争的事。也许,威尼的死使费里斯又想起了这一切。我想,威士忌应该能帮助他忘记往事吧。

我悄悄后退着走出咖啡厅,离开了拉玛保龄球馆,走向街对面扎卡里的拖车。

扎卡里正从窗户里往外望,脑门儿贴在新换的玻璃上。听到我敲门,他喊道:"进来。"

一进门,一股臭味儿差点儿把我打倒,像是阴沟里的腐臭味儿。"什么臭味儿?"

扎卡里脸红了。他坐在他的双人座上翻着一本《国家地理》杂志。"这个小镇发臭了。"

臭味儿明明是从拖车里面发出来的,但我不想跟他争论:"你不锁门了吗?"

"我好像改掉了那个习惯。坐吧。"

"你最好把门锁上,小镇上也有坏人的。"我三下五除二脱掉西服,松开领带,一屁股坐在地板上。

"谁死了？"扎卡里问。

"你怎么知道有人死了？"

"嘿，首先，你穿着一套正式的西服。还有，最近这四天，整个小镇都静悄悄的。只有两个人来敲我的门，你和凯特，而且你们俩都不愿多待一会儿。"

这些日子我晕晕乎乎的，把莱维长官关于扎卡里的计划忘到了脑后。按理说，他早就应该走了。也许威尼的死使计划延迟了。

扎卡里等着我回答："怎么？谁死了？"

我尽量让口气轻松自如。"一个在越南参军的人。他——他——"我咽了口唾沫，"他真的很了不起。"我的眼睛刺痛，为了不让眼泪出来，我咬住了自己的舌头。

扎卡里注意到了，他转过脸，盯着墙壁。外面又响起了滚滚雷声。"这里真古怪，"他说，"又打雷又闪电的，就是不下雨。"

"这里也下雨。是的，有时候下雨。"

"是啊，"扎卡里说，"这场战争真是个祸害。"

我点点头，咽下嗓子里哽着的块垒。我想换个话题。此时此刻，我甚至宁愿听他吹嘘他的欧洲之旅。我不知道该说什么，慌忙之际就口不择言了："你只要跟牛顿牧师谈谈，他就会为你施受洗礼的。"

扎卡里的目光像是要把我看穿："我不想受洗。"

"有什么大不了的呢？"

"你为什么对我的灵魂这么感兴趣。我从没把你看成一个搞宗教的人。"

我抬头扫了一眼他的书架,看到了那些相册:"你还去过哪儿?"

他笑了。我松了口气,终于挑起了一个他愿意多谈一会儿的话题,这可以让我的脑子暂时不去想威尼的葬礼。我几乎已经闻不到臭味儿了。"荷兰。"他说,"我跟你说过荷兰吗?"

"没有。"我把脑袋靠在墙上,假装听他谈论荷兰的风车和郁金香,可是没有用。我克制不住地想着卡尔和他全家,还有威尼。

扎卡里说起话来就像我们地理课上的读书报告——列出首都、农产品和河流。他刚从荷兰讲到了瑞士,突然,我们听见了喇叭声。他停住话头,葬礼的号音远远地从墓地传来。我全身打了一个寒战。

号音结束时,扎卡里说:"哇!我只在电视上听到过。"

后来,有人在拖车外面敲门。

"门开着呢!"扎卡里喊道。听他的口气,我发现他在鹿茸镇已经待得很自在了。

门开了,卡尔走了进来,双手插在裤子口袋里,领带松松地绕在脖子上。他的脸汗津津地闪着光,比他的头发还要红。他盯着我,就好像我背叛了他。我的胸口发紧,因为我知道自己确实背叛过他。

"端椅子坐吧。"扎卡里说,把手伸向地板,"我正在跟牛仔说瑞士呢。"

卡尔猛地把双手从口袋里拔出来,手里紧紧捏着许多

147

钞票:"还你。"

他把钱朝我扔来。硬币当啷啷落在地上,跟一块钱和五块钱的钞票躺在一起。"这是我欠你的四十六块钱。现在我们两清了。"

我一动也没动。

扎卡里似乎很紧张,看看我又看看卡尔:"出什么事了?"

"你们俩是一路货!"卡尔喊道。他的眼睛亮闪闪的,泪水哗哗地顺着面颊流下来,"都是谎话大王!"

他转向扎卡里:"瑞士?你根本没去过那儿。除了巡回演出和马戏表演,你哪儿都没去过。你参加的是怪物展览。你就是个怪物。"说着,他大步走到帘子跟前,一把将帘子拉开。臭味儿更强烈了,"看见了吗?"

帘子后面是个抽水马桶——正常大小的抽水马桶,地上固定着一些把手,用来帮助扎卡里挣扎着起身。墙角有个不带门的淋浴间。淋浴间的墙上靠着一个拖把,上面系着一块毛巾。淋浴间和马桶之间都是书,许多许多的书,书名都是《瑞士》《荷兰旅游指南》和《西雅图风光》之类。

扎卡里眼睛盯着地板,使我想起那天在露天电影院,他坐在卡车后面,拼命想使自己消失的一幕。

卡尔转向我:"还有你——大家都知道你在你妈妈的事情上说了谎。她不会回来了,她永远、永远不会回来了,就像威尼一样!"

他冲到门口,转过身来喊道:"这里臭死人了!"然后便冲出了拖车。我没有跟上去。我坐在地板上,脚边是那四十六块钱。我的五脏六腑碎成了无数片,窗外大雨倾盆。

第十七章

威尼葬礼的第二天,爸爸几乎没跟我说话。虽然平常他也不爱说话,但这次的沉默不一样。沉甸甸的,令人窒息,我觉得自己要被它淹没了。吃过早饭,我就出了门,想找个地方逃避,可是鹿茸镇没有地方可逃。除了我和费里斯,镇上的每个人都参加了葬礼,他们可能都知道我们没去。于是我朝拉玛保龄球馆走去。

天空又变得清澈明朗。除了路上有几个泥坑,雨后的一切看上去都那么清新、干净。但同时空气里湿度很大,黏糊糊的。在街对面扎卡里的拖车旁,我看见了莱维长官的汽车和柯伊的小型卡车。柯伊会替住在鹿茸镇周围的人们清理化粪池。此刻,他的大管子伸到了拖车下面。

在拉玛保龄球馆里,费里斯靠在咖啡厅的冷饮柜台上,唉声叹气地揉着太阳穴:"真倒霉,伊玛竟然挑了今天请病假。托比,千万别开始喝酒。除了钱——"

"它也是所有罪恶的根源。"

费里斯吓了一跳:"谁告诉你的?"

"噢,我听说过一两次。"他准是把我们昨天的谈话统统忘光了。

"我今天只好关门了。我不可能同时做饭、打扫卫生和招待客人。"

"我可以帮你,费里斯。"

他端详了我一会儿,点点头:"你有工作了。工钱不多,但伙食不差。"

那条"祝你好运,奥帕莉娜"的标语不见了。我想卡尔说得对,镇上的每个人都知道妈妈不会回来了。卡尔一直都知道,但他从来不说,就像他从来不揭穿扎卡里并没有去过那些地方。

费里斯在烹制今天的特色菜——烤牛肉和土豆沙拉。我把餐巾和镀银餐具摆在桌上。

"叉子放在哪一边?"我问他。

"没关系。只要放在伸手能拿到的地方就行。我这儿还没有一位顾客对我的餐桌礼仪提出过批评呢。"

吃午饭的人群还要一小时才会来,我把一瓶瓶番茄酱和盐瓶、胡椒瓶摆上了桌子。莱维长官进来了。他坐在柜台边,要了一杯冰茶和一个汉堡包。费里斯把一块冻肉饼扔在烤架上,隔着开向柜台的厨房窗户跟长官说话:"拖车那儿在搞什么名堂?"

"天哪,费里斯!他的污水储存槽早该清空了。你难道闻不出来吗?"

"闻不出来。"费里斯说,"我的鼻子一向都不怎么灵,所以打猎的时候我总不受我爸爸待见。我爸爸说,最好的猎手能闻到猎物的气味儿。怎么样,有消息吗?那家伙会来接扎卡里吗?"

我磨磨蹭蹭地摆放盐瓶和胡椒瓶,一点点地朝柜台靠近。

"没有。"莱维长官说,"什么消息都没有。这件事我已经拖延得太久了。今天上午我说什么也要给福利机构打个电话。"

"真遗憾。"费里斯说,"要点儿迦拉辣椒吗?"

"来点儿吧,不过别太多了,它们会让我肚子不舒服。"我给莱维长官的杯里添了些茶,希望他接着说说扎卡里的事。"我对那个男孩做了一些调查,"莱维长官说,"他唯一的亲戚是一个叔叔,这会儿因为持枪抢劫在蹲监狱呢。"

费里斯把圆面包放在烤架上:"他的父母呢?"

"父亲情况不明,只知道他在扎卡里很小的时候就离开了。母亲两年前去世——名叫伊奥拉。我在《纽约时报》的讣告栏里找到了她的名字。我也是这样发现她的牧师的名字的。我给那个牧师打了电话。他告诉我,伊奥拉的葬礼引来了大批人围观。葬礼简直像马戏表演,把媒体都招来了。伊奥拉长得跟她儿子一样——大块头。他们甚至专门给她量身定做了一个特殊的棺材。牧师说,当人们在葬礼上看见扎卡里时,场面就失控了——人群纷纷往前挤,想把扎卡里看个清楚,照相机和麦克风也都对准了他。"

费里斯弹了个响舌:"人们总是不知道适可而止。"

我想到了《吉尼斯世界纪录大全》里那个人的照片,他是装在一个钢琴箱子里下葬的。这下子一切都说得通了。

扎卡里可能不愿意像在妈妈的葬礼上那样让人围观,所以没有受洗。真奇怪,扎卡里倒不介意人们排队走进拖车盯着他看。也许在外面真实的世界里感觉不一样吧。

费里斯把一些薯条倒在汉堡包旁边,然后把整个盘子放在莱维长官面前:"那个叫保利的家伙是怎么回事?他是不是在玩什么阴谋?"

"信不信由你,"莱维长官说,"他竟然是法定监护人。扎卡里的叔叔在坐牢前,签了份协议把监护权转给了保利·兰金。我真想知道他现在到底在哪儿。"他咬了一大口汉堡包,几片迦拉辣椒滑了出来。

"他们什么时候来接那男孩?"

"星期六。"莱维长官含着满嘴的汉堡包说,他咽了一口,又用茶把它全冲下肚,"我告诉那个社工,在那之前我会关照他的。社工需要时间来弄清把他安置在哪里。他是个特殊的案子,并不是每个人都愿意接受一个六百多磅的少年的。"

"是啊,是啊。"费里斯说,"那男孩会把你的家底都吃光的。"他和莱维长官笑了起来,可是笑容转瞬即逝。费里斯清了清喉咙,走到收银台前,按下一个键。现金抽屉丁零一声弹开了。他打开一个机关,抽出一个信封,递给莱维长官:"这是保利寄来的钱。把它交给那个男孩,让他手头宽裕些。"

莱维长官点点头,把信封塞进了衬衫口袋。

数不清的解决办法在我的脑海里翻滚。为什么扎卡里不能跟费里斯一起生活?或者莱维长官?或者梅耶女士?

可是,费里斯住在拉玛保龄球馆一个很小的房间里,莱维长官似乎更愿意跟狗一起生活,梅耶女士光要照顾痴呆的老法官就够忙的了。我越来越希望保利赶快回到小镇,带着扎卡里开始巡回演出的生活。说真的,那比跟陌生人一起生活更好。

平常在这里吃午饭的人们开始陆陆续续地走进来——圣地兄弟会成员和农夫,梅耶女士和法官,还有伊尔林。我很快就发现,这里是世上最糟糕的藏身之地,他们都在谈论葬礼的事。

"葬礼美丽而忧伤。"伊尔林揉着鼻翼说。她今天没穿运动衫,身上的短袖衣服露出了她上臂后面的赘肉。虽然伊尔林没有明说,但我清楚她知道我没去,因为她好几次都提到了卡尔——卡尔多么勇敢:全家人都哭了他却没哭,跟每个人握手,感谢他们来参加葬礼,还把自己的手帕递给凯特。我觉得自己简直是得克萨斯州最大的蠢蛋。

吃午饭的人群离去后,我在水池子里放满热腾腾的肥皂水。下一秒,费里斯说:"托比,有人来看你了。"

斯佳丽站在门口,穿着一条粉红色的背心裙和木头凉拖鞋。她的指甲油跟裙子颜色很搭。我真希望自己穿点儿像样的衣服,而不是这件汗背心,腰间还系着这条硕大的白围裙。

费里斯站在炉子那儿看着我们,络腮胡的脸上带着傻乎乎的笑容。他看见我皱起了眉头,便清了清嗓子,转过身去。

斯佳丽走到我面前,递过来一个盒子——我装珍珠项链的那个盒子。"托比,谢谢你的项链,但我不能要。"

我一直那么发愁,绞尽脑汁地想把这串项链弄回来,她却这样轻描淡写地化解了我的难题。但我还是感到有些失望。"为什么?"我问。

"这份礼物太漂亮了,我妈妈说必须把它还给你。而且……"她脸红了。

"而且什么?"

"托比……我对你不是那种感情。"

这次轮到我脸红了。我看着费里斯的后背。显然,他听见了,可他做出一副没听见的样子,不停地擦洗着烤肉架。

斯佳丽扭头看了一眼费里斯,压低了声音:"我是说,我喜欢你,真心喜欢你,但不是那种感觉。"

她转身要走。

我真想把门堵住,但我的脚不听使唤。情急之中,我喊道:"斯佳丽?"

她转过身来。我试着想象她完美的鼻子上长了个肉瘤,或光滑的面颊上有一道歪歪扭扭的深深的疤痕,但是我做不到。我觉得又无奈又绝望:"你还是可以把项链留下,把它当成朋友之间的礼物。"

"我不会戴的。"

"为什么?"

"怎么说呢……我觉得珍珠项链似乎是一个老太太才戴的东西。对不起。"

我笑了:"没关系。我妈妈也从来不戴它。"

斯佳丽把一缕头发掖到耳朵后面,脑袋一歪,那模样让我的心都融化了。"托比·威尔逊,你是鹿茸镇最好的男孩子。"说完,她离开厨房,走出了咖啡厅,凉拖在油毡地面上嗒嗒响过。

费里斯转过身来,手里拿着一块清洁海绵:"一个让人伤心的小姑娘走了。老弟,你还好吧?"

我只能点点头。

第十八章

伊玛还病着,所以我又给费里斯打了一天工。洗完盘子,擦干净柜台后,费里斯递给我一个盘子,上面高高地摞着今天的特色菜——通心粉和肉丸。"回家路上把这个带给扎卡里。"

我不想见扎卡里,而且我猜他也不怎么想见我。我把盘子放在拖车台阶上,敲了敲门,就赶紧跑开了。

快要到家的时候,我看见胡安在我家门前台阶上等我。他身子往后仰,用胳膊肘支撑着,嘴里嚼着一根石茅草。我的呼吸变得急促,并且每走一步,腿就抖得更厉害一些。

走近后,我看见他旁边有一个硬纸箱——可以用来搬家,也可以用来埋葬把珍珠项链送给别人女朋友的八年级矮个子。我在离他几米远的地方停住脚步,在牛仔裤上擦了擦汗津津的手,说:"嗨。"

胡安皱起眉头,脑门儿上出现了抬头纹:"嗨,伙计。你怎么样?"

"还好。"我勉强道。我看看四周,想设计一条逃生路线。胡安挡住了我进门的路。

"威尼的事太遗憾了。"胡安站起身朝我走来,说。

"是啊。他是个了不起的人。"我抬头看着胡安。

"房子真漂亮。"他说。

"谢谢。老房子了。"我尽量贬低我们家,因为我知道胡安住在小镇的墨西哥区,那里的房子最破旧了。

"有时候还闹耗子呢。"我补充道。

他点点头,但我有一种感觉,他的心思似乎并不在我们家的房子上。果不其然,只听他忽然说:"我要问你一件事。"

"什么?"

"斯佳丽……她说你是最好的男孩。"

"我?那是她看错了。"我的嗓音变尖了。虽然我心里怕得不行,但并不希望在语气上表现出来。

他皱皱眉头,我赶紧说:"我们只是朋友。"这句话的真实性令我心痛。

"她说我应该更像你一些。"他研究着我,歪着下巴,眯着眼睛。

"是吗?"

"是啊。"胡安挺起胸膛,"这话是什么意思?"

"嘿,我怎么知道。我只是对她不错。"接着我想起了斯佳丽在高西摩湖边告诉我的话,"我的意思是,我大概没有放她的鸽子什么的。"话一出口,我就后悔了。

他做了个鬼脸:"就是为了那事儿?她曾爷爷的派对?"

"我猜那对她来说特别重要。"

胡安挪开目光,脑袋一点一点的。他T恤的腋下有大片的汗迹。他摇摇头:"嘿!"

"她说你甚至没有给她一个像样的理由。"真希望我没有说这么多,可是他的眼睛一直盯着街上,脑袋不住地点着。

"当时我有事儿,"他说,"我想跟她谈谈,可是她挂了我的电话,等我赶过去的时候,她当着我的面把门甩上了。"

"我知道她还喜欢你。"我咽了口唾沫。

"是吗?"

"相信我吧,我知道。"

胡安笑了,摇了摇头:"女人!"

我也摇摇头:"是啊,女人!"

"你怎么对付那个小丫头的?"

"塔拉?"

"是啊,斯佳丽说你对她特别好。"

"这我可帮不了你。"我说。

胡安的脸拉了下来:"唉,那孩子真是个讨厌鬼。"他提起纸箱子,我看见一条裤腿和一只衬衫的袖子耷拉下来。我一眼就认出那是威尼的。纸箱里装的肯定都是威尼的衣服。

胡安发现我在看威尼的衣服,赶紧把它们塞回纸箱里。一时之间,他显得有点儿尴尬,接着他把脑袋一昂,走出了大门。

我突然想到,胡安之所以不去参加斯佳丽曾祖父的豪华派对，也许他不是因为有事要做，而是因为没有好衣服可穿。我注视着他穿着脏兮兮的T恤和鞋底磨得薄薄的"劈啪"鞋远去。接下来，我也不知道是怎么回事，也许是因为他的旧衣服，也许是因为庆幸自己身上的骨头完好无损，反正我拔脚追上了他："胡安，半小时后你能待在你家门口吗？"

"没问题。做什么？"

"你到时候就知道了。"我转身回家，接着又转回身来。待到胡安已经远远地走过几户人家，我把双手拢在嘴边，大声喊道："喂，胡安，你得快点儿把自己洗干净。"

我把妈妈的绿色尼龙围巾系在自行车把手上，骑车来到斯佳丽家那条街上。离她家还有几户人家的时候，我看见塔拉出现在邻居家的车道上。她跟一对母女手拉着手。这对母女是刚搬来小镇的，我估计她们还没发现讨厌鬼塔拉的真面目。"我们要去冰雪皇后冰激凌店。"塔拉跟她们一起朝汽车走去时，对我说。

"玩得开心点儿。"我在自行车上喊道。旁边的小镇新开了一家冰雪皇后冰激凌店，离这里有好几英里。这就意味着我用不着再担心塔拉像尾巴一样跟在我们后面了。

我把自行车停在人行道上，把围巾塞进口袋里。斯佳丽正在她家前门廊的台阶上玩单人纸牌游戏。"嗨。"我打了个招呼。

斯佳丽抬头扫了我一眼："嗨。"然后就又低头去看扑克牌了。她翻开一张红桃七，把它放在梅花八上面，她自顾自地玩着,就当我不存在一样。

"我给你带来一个惊喜。"

"托比,"她说,"求求你,别再送礼物了。"

她的话简直让我心痛死了,但我咽了口唾沫,接着说:"这次你会喜欢的。相信我吧。"

我抽出妈妈的围巾:"我要用这个把你的眼睛蒙上。"

"托比!"

"相信我吧。"

我给她系围巾的时候,她咯咯地笑个不停,我则拼命忍着不去闻她身上的香波味儿和香水味儿。然后,我迈着小碎步,把她领到我的自行车后座。"跨上去坐好。"我一边说,一边牢牢地把车扶稳。

她刚把腿抬起又放下了:"我们在干吗呀?"

"来吧。你绝对安全,我保证。"

她跨上车,脚踝不小心撞在了脚蹬子上。"哎哟!"她晒得黧黑的皮肤上留下了一个白道道。

"对不起。"我说着,扶她在香蕉形的车座上坐稳,"我应该等你上车以后再蒙你眼睛的。"我上车坐在她身前,"扶好了。"

她用胳膊紧紧地搂住我的腰,我努力不去回忆我们在高西摩湖畔跳舞的情景。我用脚蹬着车,摇摆了一阵之后,我们出发了。我带着她骑车穿过小街,朝公路驶去。

斯佳丽大声尖叫,把我搂得更紧了。不知道她是吓坏了呢,还是真心喜欢这样的冒险。看到没有来往的车辆,我骑车穿过了公路和铁轨。

"哦,天哪!"车子一路颠簸,她咯咯地笑着,"我们要去哪儿呀?"

"你很快就知道了。"

这是我梦想的一刻——骑车带着我心爱的女孩穿过小镇,她不顾一切地紧紧搂住我。我们穿过铁轨时,斯佳丽发出三声短促的尖叫。我不知道哪栋房子是胡安家,因为妈妈从不允许我骑车到这片地方来。可是顺着道路往前一看,胡安正在自家的院子里,像个职业球手一样挥舞着高尔夫球棒呢。他身上穿着一件红色的运动衫,我一眼就认出那是威尼的。

当胡安看清坐在我身后的是谁时,咧嘴笑了。骑近了以后,我发现他站在一块修剪过的长条形草地上,周围散落着几个高尔夫球。我一直都只是猜想胡安用那根五号球棒练习高尔夫,从没想过自己能亲眼见到。我想起了胡安那件胸前印着墨西哥超人的T恤,以前我竟然不知道那是什么意思,真是太愚蠢了。那肯定是他的宏伟计划,成为李·特莱维诺[①]那样的——墨西哥超人。

我在胡安脚边几英寸的地方停下来,小心翼翼地下车,摘掉了斯佳丽的眼睛上蒙的围巾。斯佳丽看见胡安,立刻笑了,接着又皱起眉头:"托比,你不应该这么做的。带我回去。"

"你只能走回去了。"我说,"我要回家了。"

"我陪你走回家。"胡安对斯佳丽说,"我需要跟你

[①] 李·特莱维诺(Lee Trevino,1939-),美籍墨西哥裔高尔夫运动球星。

谈谈。"

斯佳丽没有动弹。我心想我准是犯了个大错。这下子胡安和斯佳丽都要生我的气了。

"Como Sé llama（西班牙语，你叫什么名字）？"胡安说。

斯佳丽羞答答地对胡安露出了迷人的微笑："Me llamo Scarletta（西班牙语，我叫斯佳丽）。"

"Muy bien（西班牙语，很好）。"胡安说，"你还记得！"

斯佳丽慢慢地下了自行车，朝胡安走去。我感觉我的胸腔在挤压着心脏。

我把自行车掉过来朝着小镇的方向，准备回去。就在我要骑车离开时，斯佳丽碰碰我的肩膀，探过身来亲了亲我的面颊。她低声说："我仍然认为你是鹿茸镇最好的男孩。"

我开始蹬车，一路都没有回头。

第十九章

　　扮演爱神的角色耗光了我的力气,让我心力交瘁。晚上我不想再做任何事情,就把电视机打开,看《油嘴威尔逊脱口秀》。爸爸在厨房的桌上绑鱼竿。旁边还放着另一根鱼竿。"托比,"他说,"穿上你的防水裤。我们去钓鱼。"

　　基泽湖静悄悄的。白天的那些滑水者都已经离开了。一些露营者也把东西装在车上,开车走了。除了一条船上有几个老人在钓鱼,湖面上就只有我和爸爸。
　　我们面对面坐在爸爸的小船里,划到爸爸最喜欢的地方。平常,我觉得钓鱼太枯燥、太安静了,总是不耐烦地想跳起来,可是今天,这份寂静让我心境平和。
　　我向来来不喜欢钓鱼,过去的三年里一直躲着。爸爸第一次带我去钓鱼的时候,我应该只有四五岁。他总是自己钓鱼,让我在阴凉地里玩蚯蚓。那时候,我很喜欢摆弄蚯蚓蠕动着的身体。我用泥土把它们埋起来,像是在和一群小伙伴做游戏。在爸爸第一天带我去钓鱼时,看到他把我的一个小伙伴扎在鱼钩上,我伤心地哭了起来。爸爸总想向我展示钓到鱼再把鱼放掉有多好玩,可是我每次都只在收拾东西回家的时候才会高兴起来。

长大一些,让我讨厌的不再是把蚯蚓扎在鱼钩上,而是钓鱼时的那种枯燥乏味。等待的时间太漫长了。

太阳低低地悬在天际,我估计再有一个小时天就要黑了。爸爸钓上来一条鲈鱼,模样很漂亮。我甚至可以想象它在平底锅里被烹熟的样子,再配上费里斯的油炸玉米团子,应该还不错。

"是个美人儿,对不对?"爸爸说,把鱼举起来让我看,"我估计至少有四磅。"他把手指塞进鱼嘴,拔出鱼钩,然后轻轻把鱼放进水里。

"你为什么这样做?"我恼火地问。

"把鱼放回去?"

我点点头。

"它帮了我的忙,所以我要还它一个人情。"

"它帮了你什么忙?"

"让我享受了钓到它的喜悦。"

"哦,是啊,喜悦,没错。"

"你觉得不够刺激?"

我耸了耸肩。

他又在钩上挂了鱼饵,漂亮地甩出渔线,渔线轻盈地在空中划过,优雅地沉入湖水。他转动绕线轮把渔线绷紧。"托比,我从小到大经历的兴奋,足够两辈子享用的了。你爷爷不上班的时候,总是在家里招待客户和政客。家里挤满了大人物。他的计划排得满满的,内容却跟他的家人无关,都是为了事业发展。如果能跟他享受这样的一刻,要我做什么都行。"

我不知道说什么好,因为我的生活里似乎全是这样跟爸爸共处的时刻,我总是觉得它们太安静了,特别是现在妈妈不在的时候。我把渔线绕上来,检查了一下我的鱼饵。蚯蚓还在。我把渔线甩向一块大石头,注视着涟漪一圈圈地在湖面漾开。

"甩得不错。"爸爸说,"鹿茸镇向我提供了达拉斯没有的东西,我在这里可以做我自己。也许你觉得没什么趣味,为此我感到很遗憾。我想这种生活对你妈妈来说太乏味了。"

"你为什么跟她结婚?"

他皱起眉头,似乎生气了,但是他眺望地平线时嘴角露出了微笑。"我第一次见到你妈妈时,她在冠岩竞技场里参加唱歌比赛。那个娇小的身材里充满了那么多的活力。"爸爸怔怔地望着地平线,似乎不是在跟我说话,而是在自言自语,"早在那个时候,她就对梦想充满了激情。我当时以为,她就像我一样,梦想只限于青春,之后她就会满足于简简单单的生活。然而那只是我的梦想。我没有权利要求她改变。"爸爸转脸望着我,"如果你要责怪的话,就怪我吧。"

听他这么说,我才意识到这正是我一直想做的事。然而此刻我感到茫然,不知道应该责怪谁。于是,沉默良久之后,我说:"我不怪你,爸爸。"

165

"那也别怪你妈妈。她爱你,托比。你需要让她爱你。"

我的喉头被哽住了:"你认为你们还会走到一起吗?"

"这我没法回答。"爸爸的太阳穴在跳动,他望着被夕阳照得熠熠发光的湖面,"不过我能告诉你一点,如果生活中有一个人需要你,那你就是个幸运的人。而现在,需要你的人可不止一个两个。"

我怀疑他是在说卡尔。

爸爸直视着我的脸:"我知道威尼对你意味着什么,托比。但他是卡尔的哥哥,不是你的。"

他的话刺痛了我,我觉得心里的怒火在上升。

"你听我说。"爸爸说,"最近有几件事我对你放任自流了。我知道你妈妈走了对你影响很大,但你应该去参加葬礼的。"

我点点头,因为我的嗓子被堵住了,说不出话来。

"卡尔需要你。"

"可是我已经把事情搞砸了。现在不能去葬礼了。"

爸爸的鱼竿上鱼咬钩了,他绷紧了肩膀上的肌肉。鱼把钓线拽得紧紧的,爸爸慢慢转动着绕线轮的把手。接着,他的肩膀一下子松弛下来:"啊,它松开了。"

爸爸把钓线拉出来,检查了一下鱼饵。蚯蚓不见了。他又从土里挖出一条,说:"那天你问我是否曾经想当一名律师。我确实有过这样的理想,只是为了让我爸爸为我骄傲。可是我搞砸了,律师考试没过。两次都没过。"

我不知道该说什么,就什么也没说。我一向以为爸爸的人生有点儿乏味,但从没想过他会经历失败。

爸爸把蚯蚓挂在鱼钩上，又把渔线甩了出去："你说得对，托比。现在去参加葬礼已经晚了，但今天对卡尔来说也是个艰难的日子。今天，他们家收到了威尼的其他东西。"

我脑袋发晕："你是说信？"

"是啊，信件、衣服、书，他所有的一切。卡尔会需要你的。这次别让他失望了。"

我的渔线开始跳动，但我心里只想着我写给威尼的那封信，不知道卡尔会不会原谅我。

跟爸爸去钓鱼有一个好处，就是回家后没有鱼需要清洗。不过我身上有股鱼腥味儿。我想先冲个澡再吃晚饭，可是我从梳妆台上的窗户往外望时，看见了卡尔，他正骑着自行车在车道上滑行。

我把抽屉门重重关上，冲到外面取我的自行车。我骑上车去追卡尔。他已经拐到了常春藤街上，我不知道他是往左还是往右了。我选择了往左，把脚蹬子踩得飞快。我瞥见他到了榆树街上，便开足马力朝他奔去。他骑得很慢，但我追上去时，他往后看了一眼，加快了速度。我蹬得更使劲了，拼命想追上他，可是他速度比我快，在前面的路上变成了一团模糊的蓝色影子。我把身体伏在车把上，借助风力往前蹬。最后，我的速度上来了，我们之间只相差几英寸。我只要一伸手，就能抓住他。

卡尔骑在车上忽然站了起来，呼哧呼哧地喘气，像疯了一样狂蹬。他不理我，眼睛只盯着道路前方。他往左拐，我就往左拐。他往右拐，我也往右拐。我对他如影随形。接着，卡尔往左拐了一个急弯,但这次我想跟上去时却摔倒了。我的膝盖擦伤了,一跳一跳地疼,伤口涌出了鲜血。如果是一星期前,卡尔肯定会停下来扶我,但这会儿他理都没理,继续往前骑。

我打量着我的膝盖,想就此放弃。这么跟着他有什么意义呢?然而最后,我把伤口抛到脑后,扶正车把,又跳到了车座上,继续追卡尔。卡尔往西边的高西摩湖骑去。我知道他要去湖边,因为只有那里可去。我从小巷抄近路,绕到湖的另一头,跟他同时到达那里。

可是他一看见我,又继续往前蹬,到了水里也没有停下。他和自行车一起扎入水中,消失在混浊的水面下。我跳下自行车,冲进水里寻找他。他站了起来,一头卷发湿漉漉地平趴在脑袋上,像戴着一顶浴帽。

"走开!"他大喊着把水踢到我的脸上。

我没有走开,他就使劲打我的胳膊。我仍然没动,他又给了我一拳。我胳膊生疼。他抡起拳头朝我挥来。我后退一步,喊道:"你疯了吗?住手!"

"我的自行车呢?"他忽然蹲下身,双手焦急地在水中摸索着。

我跟他一起找。后来,我感到车把手戳到了我的肚子:"在这儿!"

我们一起把自行车从混水和淤泥里拽出来。我们倒在草地上,浑身像落汤鸡一样。"真疼啊。"我揉着胳膊说。

我们看着对方的样子,笑了起来。不是轻声地笑,而是尽情地放声大笑。我们又像过去一样,像威尼没去世的时候一样，一起开怀大笑。这种感觉真好啊！我虽然很享受这一刻，但还是停下来，诚恳地说："我有件事要告诉你——是我做的一件事。"

卡尔的脸色一沉："我已经知道了。"

"你知道那封信的事了？"

他点点头，移开了目光，用手指梳理着湿漉漉的头发。"应该是我写的。我应该给他写信的。"他咽了口唾沫，我听见唾沫滑过了他的喉咙。

"我……我应该去参加葬礼的。"

他捡起一块石头，打了个水漂，说："部队给了我们一面国旗。"

"真棒。"我说，我认为这是他们起码应该做的。

"有空想看看吗？"

"想啊，我很想看。"

我们没有再说话，就这样过了很长时间，只是听着蝉和蟋蟀歌唱，让夕阳映照着我们湿透的身体。然后，卡尔咧嘴笑了，露出那个黑黑的门牙豁口："嘿，我看你终于受洗了。"

"是啊，"我说，"但愿扎卡里也能这样。"

我们哈哈大笑，笑到一半，突然停下来望着对方，眼睛瞪得溜圆。此时此刻，我终于明白，拥有一个知心朋友之所以重要，其中一个原因就是，有的时候可以心有灵犀。比如现在，我和卡尔不约而同地想到了一件事。

第二十章

今天是周五,受洗必须今晚进行,因为明天福利机构的那位女士就要来接扎卡里走了。这是我和卡尔给扎卡里的临别礼物。卡尔说他去负责动员凯特。我的任务是说服马尔科姆和费里斯。

首先,我要到梅耶女士家的院子里工作。平常我都是早晨八点钟开始干活儿,这天我把闹钟定在五点半,六点钟我就赶到了梅耶女士家。我从后门钻了进去,开始捡苹果。苹果比平常少,所以我六点半就可以开始割草了。

我刚割了一分钟,梅耶女士就双手叉腰,站在了门廊上。她穿着一件绿色的厚绒布睡袍,头上裹着一条鲜粉色的围巾,几缕扁发夹夹着的头发像玩具风车一样支棱出来。她高高挥舞着胳膊,双手不停地做"停止"的手势。我关掉发动机,朝她走去。

"托拜厄斯!这个时候你在这外面做什么?"

我走近了,才注意到她的脸和锁骨亮晶晶的,好像在玉米油里沐浴过一样。她看见我在端详她,赶紧用围巾遮住露出来的奇特的卷发。

"我正在做美容呢,被你打扰了。我总会在星期四晚上抹好玉兰油,直到星期五早晨才洗掉。"她用手背擦擦面颊,"你准备把小镇上的人都吵醒吗?"

"不是,女士。我今天有许多事情要做,我想,隔壁的汉德森先生差不多聋了,不会对他有什么妨碍。您又住在那个角上,这边没有人。"

她的脸皱了起来:"你能不能先去清除杂草呢?让我哥哥再眯一会儿。"

我把法官给忘了:"好的,女士。对不起,梅耶女士,我没想到。"

"好吧,下次注意。"

"好的,女士。"我低头一看,发现她光着脚。脱掉了尖头鞋,她的脚看上去怪怪的。最滑稽的是她的脚趾形状像一个V字,跟她的鞋子一样尖。她转身朝屋里走去,一路上都在调整着头上的围巾。

十点钟的时候,我干完了。梅耶女士只是指出我不小心割掉了一片薄荷,然后就叫我进屋,给我付工钱了。等待的时候,我仔细研究着摆在圆桌上的那些照片。梅耶女士回来了,我问她那个漂亮的姑娘是谁。

"那是我很久以前认识的一个女孩。现在她必须每星期用玉兰油保养一次皮肤,才能勉强看得过去。"

我有点儿不敢问她照片里的那两个男孩是谁,但还是问了。

"一个是我哥哥。另一个难道你没有认出来?"

171

"没有,女士。"

"是你的爷爷,托比。西奥多·约瑟夫·霍普金斯。我们称他为——T.J.。"

"我不知道法官和我爷爷曾经是好朋友。"

"天哪,不是!他们俩水火不容!我们把它放在这里,是因为这是我哥哥小时候最好的一张照片。"她眯起眼睛打量着我,"你知道吗,托比,你有点儿像你爷爷呢。"

我刚出门踏上门廊,一个棒球就滚到了我脚边。我抬眼看去,是法官扔过来的。他穿着棕黄色的睡衣,踩着皮拖鞋,活像一具骷髅。我看了一眼手表。我知道还有许多事情等着我,但不知怎么的,我就是迈不开步子走出门廊。

我抓起棒球:"想接几个球吗,法官?"

几分钟后,我们就开始玩抛接棒球了。法官投得很漂亮,但反应有点儿慢,我投过去的球他一个也没接住。他慢吞吞地去捡球。每次他蹲下去捡球,我都希望他不要闪着腰。

就在我们一抛一接的时候,我想起了一件事。我和爸爸以前也曾在后院玩过扔球。那时我只有五六岁,但他买了一双棒球手套,小小的,我戴着正合适。起初,他站在离我只有几步远的地方,我对他说他站得太近了。当然啦,他刚一后退,我就接不到球了。后来,他慢慢地偷偷朝我挪了几步。他以为我没看见,其实我看见了。

法官等着我再次扔球,但这次我朝他挪近了一些。他终于把球接住了。他脸上露出十分灿烂的笑容,然后把球塞进了口袋,一边吹着口哨一边走回门廊。

费里斯正在黑板上写今天午饭的特色菜：洋葱炒肝、土豆泥和绿豌豆。

"嗨，托比，今天不用你洗碗端盘子了，伊玛的感冒好了。"

"我知道。我来是想请你帮一个忙。"

他放下粉笔，在裤子上擦了擦手指上的白色粉笔灰："我听着呢。"

"我需要你给一个人施洗礼。"

费里斯抓住柜台："哇，孩子！牛顿牧师住在路那边的牧师住所里。"

"不能是牛顿牧师。"

"我不是牧师，托比。"

"你差点儿就是了。"

"那是两码事儿。"

"你不知道怎么做吗？"

他摇摇头，从柜台底下抽出装盐瓶和胡椒瓶的托盘，问："究竟是怎么回事？"

"扎卡里。他答应他妈妈要受洗的，后来他妈妈死了。"

"你为什么不能请牛顿牧师做这件事？"

"因为他想用那个洗礼堂。"

费里斯轻声笑了："他对那个水池可骄傲了。"

"如果消息传出去，费里斯，我敢肯定人们会纷纷涌来，就像——"

"就像他妈妈死的时候那样？"

"对。"

他挠着下巴:"那么,没有洗礼堂,你又怎么给那个男孩施洗礼呢?"

"高西摩湖。"

"不行。"费里斯开始把盐瓶和胡椒瓶往桌上摆。

"只有这个办法了。"

"任何人都不许在湖里做任何事情。这个湖也够倒霉的。不过制定法律的人不是我。"

"我们太阳落山的时候做。"

费里斯又摇了摇头:"不行,真的不行,别把我算上。"

"费里斯,我们需要你,请你来吧,太阳落山时来高西摩湖。"我离开了,希望我的话会让他的良心感到不安。如果没有费里斯,事情就办不成,绝对办不成。

劝说马尔科姆就容易多了。我找到他的时候,他刚在学校操场割完草。他从口袋里掏出一条手帕,擦了擦红脸膛儿上那层亮晶晶的汗水。

我把我们的计划讲了一遍,对他说:"你是我们知道的力气最大的人。"我差点儿被自己恶心到了,其实我说的是事实。

"是啊,我常做体能锻炼。"马尔科姆把双手扣在他的粗脖子后面,让我看清楚他的肱二头肌。

"千万别告诉任何人,马尔科姆,包括你妈妈。"

"为什么不能告诉她?"

我盯着他,没有说话。他脸红了:"我不告诉她。"

我离开前,又叮嘱道:"太阳落山。"

"太阳落山。"他重复了一遍。

回到家里,我拿出我的《圣经》,抽出梅耶女士给我的那张纸条。万一费里斯没有露面,就只能靠它了。我在索引里查到"洗礼"一词,然后找到耶稣受洗的内容。我读着那些文字,盘算着如果我们必须独自操作,该说些什么。我读到耶稣找到施洗礼者约翰,请求他给自己施洗礼,可是约翰认为自己没有资格给耶稣施洗礼。这时耶稣说:"你暂且许我,因为我们理当这样尽诸般的义。"于是约翰给他施洗礼。

我抓起电话,拨了那个自从妈妈五年前开始上班后我就知道的号码。

是费里斯接的电话:"拉玛保龄球馆。"

"费里斯,"我说,"《马太福音》,第三章第 14、15 节。"

"托比,我跟你说了不行。"

"读一读吧,费里斯。"没给他机会再多说一个不字,我就挂断了电话。

第二十一章

我觉得头晕晕的。已经下午四点钟了,万一费里斯今晚不去湖边,我应该先把《圣经》里的内容背下来。可是我的注意力怎么也无法集中在文字上。

窗外,卡尔和凯特干完了田里的活儿,把车子开进了车道。胡安的爸爸——加西亚先生的卡车停在卡尔家的院子外面,胡安脖子上系着一条印花大手帕,和其他工人在卡车后车厢等候着。工人们都穿着白T恤和长裤,但年龄有大有小——最小的看上去才十岁左右,最大的好像已经当爷爷了。

麦克奈特先生递给加西亚先生一个信封,里面是付给工人的工钱。加西亚先生转身朝卡车走去。去年十二月,麦克奈特先生把所有的工人都领到克利夫顿的纺织品店,给他们买了鞋子。现在想来,我发现他其实不怎么小气。

胡安解下印花大手帕,擦了擦脖子后面。卡车驶出车道时,他抬头看看我的窗户,扬起下巴跟我打了个招呼。我朝他挥挥手。

太阳落山的时候,我拿上《圣经》和梅耶女士给的那张纸条出门。外面,凯特和卡尔正在卡车里等我。

"但愿我们做的是对的。"凯特一边倒车一边说。

我们开车赶到扎卡里的拖车那儿。鹿茸镇的街道已经安静下来准备过夜了。店铺都打烊了。伊尔林开着她那辆旧的大众车离开了她的房地产公司。车子都开出很远了,路上还远远地传来消音器的嗡嗡声。那棵大榆树下,威利收起了摊子上的那把大伞。他把糖浆瓶一个个地收进了箱子里。

我和卡尔把台阶从卡车里拿出来,然后我们三个一起去敲扎卡里的门。只等了一分钟,他就来开门了。

"出什么事了?"扎卡里问。

凯特上前一步,说:"扎卡里,我们是来带你去受洗的。"

扎卡里从门口连连往里后退:"什么?"

"带你去受洗。"凯特解释说,"你需要受洗,扎卡里。你心里清楚。让我们来帮你吧。"

他摇摇头,眼睛瞪得圆圆的:"我才不去教堂呢。"他一直往后退,最后一屁股坐进了双人椅里。

"不去教堂。"我说,"我们来办这件事。"

"怎么办?"他问。

"我们都计划好了。"卡尔说,"相信我们吧。"

突然,我感到很紧张,因为《圣经》里的话我一句也想不起来了,而且也不记得在哪一页能找到施洗礼者约翰的故事。

扎卡里看看凯特，又看看卡尔和我。"好吧。"他说，他的声音很轻，我甚至怀疑他并没有说话，而是我的错觉。当他从架子上拿起那个金色的盒子朝我们走来，我这才知道自己并没有听错。停车场对面，威利收拾好了那些瓶瓶罐罐，正注视着我们。

扎卡里从门里挤出来，跟着我们朝卡车走去。他的呼吸非常急促，就像在爬山一样，每跨上一个台阶都要歇一歇。我们跟着他钻进卡车后车厢。凯特亲眼看见扎卡里坐稳了，才坐到方向盘后面。她转动钥匙。卡车没有反应。"见鬼！"凯特气恼地说着，又试了一次。

卡尔探身把脑袋伸进驾驶室的窗户："你确信刚才停好车了吗？"

"当然。好了，闭嘴吧——我要集中精力。"她试了一次又一次，可是引擎最多发出一声哼哼，每次都熄火。我们的计划也要跟着熄火了吗？

威利坐到了他的高尔夫车上。"需要搭车吗？"他问。他的声音很轻，尖利刺耳。这是我五年来听见威利说的第一句话。

"哦，行吗，威利？"凯特问，似乎威利会说话是一件很平常的事。十分钟后，威利就待在街对面的日落汽车旅馆里了，他的轮椅在夜晚的空气中吱呀哼唱。

我们"征用"了他的车。扎卡里的肚子挤到了高尔夫车的仪表盘上，他一个人占据了车里的大部分空间，凯特瘦巴巴的屁股一半悬在驾驶座外面。我和卡尔别无选择，只能跟在车子后面，走着去湖边。

经过拉玛保龄球馆时,我注意到咖啡厅还亮着灯。不知道费里斯待在自己屋里,是不是在读《圣经》或在喝一杯威士忌。

凯特右转朝湖边开去。拐弯的时候,她那边的车轮离开了地面,威利的糖浆瓶在箱子里碰得叮当乱响。不过,凯特刚把方向盘正过来,轮子就又落地了。

到了湖边,根本不见费里斯的人影,倒是马尔科姆等在那里,一边踱步,一边挥舞着胳膊。"你们怎么这么长时间?"他问,声音有点儿发抖。

"现在我们来了。"我说,"别害怕。"

"我才不害怕呢。"他回答道,"我只是纳闷你们怎么磨蹭这么久。"

"下面该做什么?"卡尔问。

大家都看着我。我的心里在翻腾,忐忑得就像在主日学校大声朗读《圣经》时那样。而且现在我比那个时候更紧张,因为我不想把事情搞砸。我翻着《圣经》,寻找那段文字。它们是在《马太福音》《马可福音》《路加福音》还是《约翰福音》里呢?

一个粗壮的人影一瘸一拐地朝我们走来,月亮在他身后洒下清辉。我只用了一秒钟,就认出这个穿着黑西服、手里拿着一本《圣经》的人正是费里斯。他走近时,我注意到他刚剃了胡子,头发上抹了一种气味浓烈的生发油,光溜溜地梳到脑后。"对不起,我来晚了。"

我笑了,捶了一下他的肩膀:"没有来晚,费里斯。来得正是时候。"

凯特蹬掉凉鞋,帮扎卡里脱去了鞋子。她抓住扎卡里的手,领着他走进湖里,直到湖水齐到她的腰。水灌进扎卡里的衬衫,使它鼓得像气球一样。我们其他人都脱掉鞋子跟了过去。我和卡尔来到扎卡里的一边,凯特和马尔科姆在他的另一边。费里斯把《圣经》放在地上,蹚水走到扎卡里的面前。

各就各位后,费里斯问扎卡里,受洗仪式是想来长的还是短的。

"短的是不是也一样管用?"扎卡里问。

"是的,先生。"费里斯说,"这完全是个人喜好。"

"短的就行。"扎卡里说,"我站在这里有点儿冷。"

"你的中间名是什么?"费里斯问。

扎卡里皱着眉头:"你知道那个做什么?"

"为了更加正式。"

扎卡里停顿了很长时间,才发出一个声音。他的声音太轻了,我怀疑都没有人听见。

"艾尔文?"费里斯问。

"不,埃尔维斯。"扎卡里说。

"埃尔维斯?"卡尔笑了起来。

凯特瞪了卡尔一眼。

"好吧,"卡尔说,"我承认别人也可以叫埃尔维斯。"

"那是个好名字。"费里斯说,然后清了清喉咙。他叹了口气,闭上眼睛。我不知道他是不是在祷告。接下来,他把眼睛睁开了:"扎卡里·埃尔维斯·比弗,你接受耶稣基督做你的救主吗?"

"是的。"扎卡里轻声说。

"我听不见。"费里斯说。

"是的。"扎卡里喊道。

"这就对了。"费里斯说,"我以圣父、圣子、圣灵的名义给你施洗礼。一切信他的人不至灭亡,反得永生。阿门。"费里斯走到扎卡里身后,我们扶着扎卡里稳稳地站着。

扎卡里突然抓住凯特的手臂。

"别害怕。"凯特轻声说,"我们不会让你倒下的。"

扎卡里深深吸了一口气,捏住鼻子,闭上眼睛。我们帮他浸在水里,我忍不住想,有五个人这样抓着他,扎卡里似乎一点儿也不重,可是当我们必须把他扶起来的时候,我迅速改变了想法。我咬紧牙关,使劲地拽,感觉脸上的每根血管都要爆裂,胳膊也像要断了一样。

在我对面,凯特咬着下唇,使出吃奶的力气拉扎卡里。卡尔嘴里不停地嘟囔:"起来,起来,起来。"

就连费里斯脸上也露出了惊慌的神色。唯一沉着冷静的是马尔科姆,他眉毛压得低低的,下巴抵到脖子上。我真希望扎卡里知道怎样长时间屏住呼吸。刹那间,我脑海里闪过一张报纸的头版头条——《世上最胖的男孩受洗时溺水身亡》。

就在我们似乎不可能把他扶起来的时候,马尔科姆发出一声我只在摔跤比赛上听见过的呻吟。竟然成了!我们一下子又有了力气,终于合力把扎卡里从水中拉了出来。扎卡里的衬衫都贴在身上,水从脸上滴滴答答淌下来。他大口喘着粗气,看上去一脸惊愕,就像一个从电梯出来、发现楼层不对的人。

"小菜一碟。"马尔科姆啪啪地掰着指关节说。

费里斯说了一段特别长的祷词。我发现他错过了自己真正的职业的召唤。他可以成为一位非常优秀的牧师的。他以一句"阿门"结束祷告,然后说:"上帝保佑你,扎卡里。"

扎卡里笑了,我不知道他是否有了不一样的感觉。反正,我挨着我最好的朋友,站在齐腰深的高西摩湖水中时,觉得自己跟以前不同了——轻快、善良,甚至还有点儿神圣。

费里斯在扎卡里的《圣经》上签了字。凯特开车送扎卡里回拖车。我们其他人步行跟在后面,除了马尔科姆。他得匆匆忙忙赶回家,免得他妈妈发现他不在。这一刻,我们有点儿悲喜交加的感觉,虽然扎卡里终于受洗了,但明天福利院的工作者就要来接他了。走过小镇时,费里斯领头唱起了《奇异恩典》[①]。我们都知道歌词,就连扎卡里也不例外。我以前唱过一百万遍,但今晚的感觉完全不一样。今晚,这些歌词让我从头到脚起了一层鸡皮疙瘩。唱第四段的时候,我们到了拖车那儿,歌没有唱完,因为我们看到莱维长官的车就停在麦克奈特家的敞篷卡车旁边。

凯特刚停好车,拖车的门突然打开了。莱维长官冲了出来,公爵跟在他身后。

[①]《奇异恩典》(Amazing Grace),亦译作《天赐恩宠》,是美国最脍炙人口的一首乡村福音歌曲。

182

"我正要发动大家搜寻呢。"莱维长官的声音透着不安,我不用看就知道他的眼睛在抽搐,"怎么回事?你们去游泳了?"

"差不多吧。"卡尔说。

"真是见鬼。"莱维长官挠着头皮说,"好吧,我知道你们不会到高西摩湖边去的,如果那样的话,我就要罚你们的款了。"

费里斯清了清喉咙:"说实在的,莱维,其实——"

莱维长官举起一只手:"好了,别说了,费里斯。我还有重要的事情要办,你就别唠叨了。扎卡里,我今晚到这儿来是为了告诉你,你的朋友保利今晚打电话给我了,说他这两天就会来接你。"

"听见了吗?"扎卡里说,"我跟你们说过了,他会回来的。"

"他说他一直在巴黎搞定新的演出节目。好像是一个长胡子的女人。"

"是得克萨斯州的巴黎?"卡尔问。

"不,是法国的巴黎。"扎卡里说,接着又轻声补了一句,"所以我没有去。"

莱维长官清了清喉咙:"可是,这也不能作为他把你一个人留在这儿的理由。我一定要跟他好好谈谈这件事。不过呢,我想每个人都时不时地需要休息一下。"

费里斯上前一步:"莱维,我认为我应该告诉你,我们刚才去高西摩湖了,进了水里。"

莱维长官做了个苦脸:"哎呀,费里斯,你干吗要告诉我这个？现在我不得不罚你的款了。"

"那就罚我好了。"

"只有一个问题，"莱维长官说，"我没想过要罚多少，因为从来没有人违反过那个规定。我想，你们可以在湖边捡一两个星期的垃圾。"

"我来帮忙。"费里斯说。

"我也帮忙。"卡尔说。

"把我也算上。"凯特说。

我们看着扎卡里。终于，他说："如果我留在这里，我也会帮忙的。"

"扎卡里，"莱维长官说，"看样子，你在鹿茸镇的这段日子交了几个朋友。"

扎卡里看着我们，看着我们每个人——费里斯、凯特、卡尔和我，笑了。

"我们也交到了一个好朋友。"说这句话的人是我。

回到家，我拿出妈妈寄来的那堆没拆的信，把它们按日期排好。我打开每一封来读。她写到她去了那么远的地方，却还是在给人端盘子。她告诉我威尼的事让她多么难过，她知道威尼对我有多么重要。她希望我原谅她离开我，她想要我暑假结束前到纳什维尔去看她。

我从笔记本上撕了一张纸，开始写回信，这是我自从给威尼写信之后**写的第一**封信。

第二十二章

　　扎卡里受洗后的第二天,我到卡尔家去。在他们家的车道上,比利坐在威尼那辆橘黄色的野马里,摇上车窗,只留了一道缝。他坐在方向盘后面,目视前方,大汗淋漓。

　　我从车边走过:"嗨,比利,你不会热死吗?"

　　他没有回答,仍然目视前方。

　　卡尔出来后,我问他:"比利怎么啦?他好像在另一个世界里。"

　　卡尔朝他哥哥看了一眼:"他刚看完威尼的一封信,才收到的。"

　　"什么?怎么可能?"

　　"跟他的东西一起来的——给我们每个人都写了一封信。我猜威尼当时没有机会把它们寄出来。"

　　"我知道。"

　　"爸爸妈妈认为,应该等他们把信交给我们。"

　　"给你的那封信看了吗?"

　　"我等着跟你一起看呢。"

几分钟后,我们坐在拉玛保龄球馆的屋顶上。卡尔小心翼翼地拆开信封,就像在拆圣诞礼物的包装又不想把包装纸撕坏一样,似乎要留着那包装纸以后还再用。他哆哆嗦嗦地把脏脏的指甲塞进信封一角,撕开封口。撕得不太整齐,但是信抽出来的时候一点划痕都没有。卡尔把信展开。我忍不住战栗了一下。我想到,威尼曾把这封信拿在手里,也许就在他阵亡的几个小时前。

亲爱的卡尔:

得知你和托比玩得很开心,我非常高兴。天哪,我真怀念那些有威利的蛋筒冰激凌的日子。帮我一个忙好吗?你们今年夏天玩的时候,别扮士兵了。我知道我们以前总是在后院里玩打仗。我还记得我们用苋草搭路障,偷梅耶女士的苹果当炸弹,把塑料和面缸顶在脑袋上做头盔。我还记得我们把和面缸忘在了外面,惹得妈妈大发脾气,因为我们居然用她新买的特百惠餐具闹着玩儿。

卡尔,我现在可以告诉你,这场战争是真实的,你肯定不愿意来这里。实际上,似乎这里谁都不需要我们,即使是那些我们正在保护的人。他们只想卖给我们香烟、烈酒,以及我们愿意花钱去买的任何东西。

我说话是不是像个老古板?如果我把你给吓着了,很好。这正是我想做的事。我认为我有责任这么做。毕竟,你是我的小弟弟。老弟,安分点儿,别惹麻烦。

你的哥哥

威尼

麦克奈特家的敞篷卡车停在 L.W. 德士古加油站,等着换电池。所以,天黑前三十分钟,我们把一箱箱瓢虫搬到了麦克奈特家的那辆客货两用车上,把剩下来的箱子装进爸爸的小卡车后车厢。

卡尔、扎卡里和我坐在小卡车的箱子堆里,车队开赴麦克奈特家的棉花田。爸爸的小卡车打头,后面是客货两用车和加西亚先生的那辆卡车——上面坐满了工人。就连梅耶女士也来了,来报道这件事。她和凯特、麦克奈特夫人一起坐在客货两用车里。

到了棉花田,梅耶女士敏捷地跳下客货两用车,匆匆走到爸爸的小卡车后面。我从没见她动作这么迅速过。"男孩子们,我可以给你们拍张照片吗?"

这次,扎卡里说可以。于是梅耶女士给我们三个拍了快照——卡尔、扎卡里和我。当她按响快门时,我意识到,这可能是一九七一年夏天我们认识扎卡里的唯一证据了。

爸爸和麦克奈特先生打开箱子,把一个个粗麻袋递出来。就连扎卡里也接过了一个麻袋。算上胡安,我们一共是二十个人,分散在棉花田各处。

太阳落到了地平线上,像一个耀眼的金色火球,蹲伏在粉红色的云霞间。我抽出小折刀,割开了麻布包,然后把断口捏在一起,等候指令。

在客货两用车前面,梅耶女士支好了三脚架。她看着照相机,调整焦距。她昂首挺立,双腿叉开,仿佛这样就能在风中保持平衡。

凯特和麦克奈特夫人并排坐在客货两用车的引擎盖

上。她们俩都穿着短裤,我忍不住留意到,不系围裙的麦克奈特夫人像变了个人一样。我本来以为她睡觉都不摘围裙的。明天,凯特就要陪她到东南部几个州旅游一星期,在古老的墓地里漫步,寻找被遗忘的玫瑰品种。

"准备好了吗?"凯特喊道。

我们高高地挥舞着胳膊,凯特按下爸爸录音机上的按钮。爸爸挑选的《莫扎特钢琴奏鸣曲》响了起来。我们听到第一个音符时就松开麻袋,让瓢虫从豁口里钻出来,飞向空中。这一幕看起来就像是有人从天空撒下无数颗红宝石。很快,瓢虫就会落到棉花上,开始寻找棉铃虫的卵。但是此刻,它们是神奇的——像红色的丝带在我们头顶飞旋,在粉红色霞光的衬托下交织穿梭,和着莫扎特的乐曲翩翩起舞。这就是"瓢虫舞会"。

麦克奈特夫人用手捂住嘴,我不知道她是惊讶于这一切的美,还是想起了威尼。去年,威尼就是站在这片棉花田里参加"瓢虫舞会"的。

一群瓢虫飞上高高的云霄,又突然俯冲下来,像一群以完美的节奏飞翔的鸟儿。卡尔跳上跳下,挥舞着他的麻袋:"哇!你们看见了吗?"

棉花田的每个人都有话要说,只有扎卡里例外。他抓着空空的麻袋,站在棉花的海洋中,太阳在他身后迅速沉没。他脸上那副惊愕的神情,跟那天受洗时从水里钻出来的那一刻完全一样。

我们放空了最后一袋瓢虫,收起破麻袋,朝小卡车走去。我刚要跳上后车厢时,注意到一只瓢虫停在了棉花田边一株孤零零的向日葵上。它没有跟着别的瓢虫飞舞,我猜它有自己的计划。等我一回家,就把那封信给妈妈寄去。

星期一的大清早,我和卡尔爬到拉玛保龄球馆的屋顶上,趴在那里,用手托着下巴,注视着,等待着。

太阳刚刚探出地平线,星星渐渐淡去,像暮色中朦胧的车灯。我们注视着保利把拖车钩在他的雷鸟车后面,开走了。他和扎卡里离开了挤奶姑娘店停车场,离开了鹿茸镇,离开了我们。

扎卡里的拖车在道路上渐渐远去,最后成为一团模糊的白色,上了高速公路。虽然扎卡里说他会写信,但我知道他不会。我们再也不会见到他了。我也说不清自己为什么这么肯定。

是啊,扎卡里有什么可写的呢?他的生活将由人们瞪视的目光和好奇的问题构成。不过,如果现在再有人问他是否曾经受洗过,他可以告诉他们,他确确实实受洗过。而且他的《圣经》里还写着受洗信息,可以给他作证。

卡尔像只懒猫一样伸了个懒腰,弓起后背。有件事我一直想问他。

"你怎么知道帘子后面有书和抽水马桶的?"

"太容易了。记得我们接他去露天电影院的那天晚上吗?扎卡里只顾盯着凯特看。我只瞥了那儿一眼就全明白了。你什么时候去看你妈妈?"

"下星期。爸爸昨天订了旅馆房间。"

片刻之后,费里斯开着车过来了。他钻出车门,大声喊道:"你们俩在那上面做什么?"

"目睹鹿茸镇的人来人往。"我说。

"来得少,走得多。"卡尔跟了一句。

"快下来,我给你们做一份拉玛保龄球馆的早餐特卖。"

我们一跃而起。"我可以借点儿钱吗?"卡尔问我。

"免费招待!"费里斯大声说。

"这可是你说的!"这话一出口,我发现这完全是卡尔的口气。

卡尔一捶我的肩膀:"嘿,小子。真有你的!"

我们爬下屋顶的时候,街灯灭了,挤奶姑娘店的灯亮了。我一眼就注意到保龄球馆的咖啡厅变了样——墙上挂着几张装在镜框里的黑白照片。

"梅耶女士的作品。"费里斯说,"她摆弄相机是一把好手。"

我和卡尔朝中间那张照片走去,可是费里斯拦住了我们,指着左边的那张说:"这边是开头。从开头看,能看得更明白。"

第一张照片是扎卡里的拖车。肯定是他来小镇的第一天拍的,因为保利正站在拖车前面,穿着他的无尾礼服。

接下来几张照片是人们在排队。我甚至看见了我和卡尔,还有塔拉。还有一张照片是一个华拜超市购物袋。我起初觉得它有点儿格格不入,可是凑近一看,我认出这是我们放在扎卡里台阶上的那些袋子中的一个。接着还有梅耶女士在卡车后面给我们三个拍的照片——我和卡尔笑呵呵地站在扎卡里身后。

"天哪,我的牙齿有那么难看吗?"卡尔问。

我没有回答,只是端详着最后一张照片。照片上,扎卡里站在棉花田中央,高高地举着麻袋,仰望天空。在他头顶上方,瓢虫像黑色的花体字一样在空中飞舞。此刻,看着这张照片,我认为扎卡里是对的,棉花田看上去确实像一片海洋。

费里斯退后两步,欣赏着墙上的照片:"可以称之为《扎卡里的歌谣》。"

"他真的来过这里,是不是?"我自言自语般地问。

"来过,"卡尔说,"肯定来过。"

我不知道扎卡里会不会把这段经历告诉别人,也不知道他会不会提到在高西摩湖受洗的事,提到在鹿茸镇度过的日子,以及认识我和卡尔的这个夏天。

莱维长官把车停在门外,到柜台边跟那些老人一起喝咖啡。

"又是一个大热天,你们两个男孩有什么打算吗?"他问我们。

"有啊,先生。"我说,"我认为应该来一份威利的——"我刹住嘴,可是已经晚了。卡尔听见了我的话,但他并没有露出难过的样子,反而咧开大嘴笑了。

"没错,先生。"卡尔说,笑得下巴上的肉直抖,"今天下午,我们要吃巴哈马大娘,还要把手指上的糖浆舔得干干净净。"

两点钟时,我们果然就这么做了。

图书在版编目(CIP)数据

我的朋友扎卡里 /(美)金·威·霍尔特著;马爱农译.
-- 南昌:二十一世纪出版社集团,2016.10
(麦克米伦世纪大奖小说典藏本)
ISBN 978-7-5568-2261-4

Ⅰ.①我… Ⅱ.①金…②马… Ⅲ.①儿童小说－长篇小说－美国－现代 Ⅳ.①I712.84

中国版本图书馆CIP数据核字(2016)第221219号

WHEN ZACHARY BEAVER CAME TO TOWN
First published by Henry Holt and Company, LLC.
WHEN ZACHARY BEAVER CAME TO TOWN by Kimberly Willis Holt.
Copyright © 1999 by Kimberly Willis Holt.
All rights reserved.

版权合同登记号　14-2013-340

我的朋友扎卡里

(美)金·威·霍尔特　著　马爱农　译

编辑统筹	魏钢强
责任编辑	刘晓静
美术编辑	陈思达　费　广
出版发行	二十一世纪出版社集团(江西省南昌市子安路75号　330009)
	www.21cccc.com　　cc21@163.net
出 版 人	张秋林
经　　销	新华书店
印　　刷	江西华奥印务有限责任公司
版　　次	2016年10月第1版　2016年10月第1次印刷
开　　本	889×1194　1/32
印　　张	6
书　　号	ISBN 978-7-5568-2261-4
定　　价	20.00元

赣版权登字 04-2016-634　版权所有,侵权必究
发现印装质量问题,请寄回本社图书发行公司调换　0791-86512056